Maurice Leblanc
(1864-1941)

Maurice Marie Émile Leblanc nasceu em 11 de novembro de 1864 em Rouen, em uma típica família da burguesia francesa. Desde pequeno era dono de uma imaginação viva e fervoroso admirador de Flaubert e Maupassant. Maurice, entretanto, teve que esperar alguns anos para realizar seu desejo de ser escritor, pois seu pai tinha outros planos para ele no comércio da família.

Aos 21 anos, finalmente realizou o sonho de ir a Paris para tentar se aventurar no mundo da literatura. Começou a estudar Direito, mas abandonou a faculdade para se tornar escritor e jornalista, colaborando com diversos periódicos como *Figaro* e *Echo de Paris*. Além do trabalho como repórter, passou a escrever, inspirado em seus autores favoritos. *Une Femme* (1893), seu primeiro romance, lhe rendeu diversos elogios da crítica, mas não ganhou a simpatia do público.

Em 1905, o editor Pierre Lafitte, da revista *Je Sais Tout*, encomendou a Maurice um romance de aventura inspirado no sucesso das histórias de Sherlock Holmes na inglesa *Strand Magazine*. E é assim que surge "A detenção de Arsène Lupin" (presente neste volume), a primeira das dezenas de histórias protagonizadas pelo encantador ladrão que acaba se tornando detetive. O autor não perdeu a chance de ironizar o personagem de Conan Doyle, como pode ser conferido em "Herlock Sholmes chega tarde demais", história que encerra este volume.

O sucesso de Arsène Lupin acompanhou o escritor até a morte, em 6 de novembro de 1941, em Perpignan, onde tinha se refugiado nazista.

Maurice Leblanc

Arsène Lupin, ladrão de casaca

Tradução de Paulo Neves

www.lpm.com.br

L&PM POCKET

Coleção **L&PM** POCKET, vol. 1010

Texto de acordo com a nova ortografia.
Título original: *Arsène Lupin, gentleman cambrioleur*

Primeira edição na Coleção **L&PM** POCKET: fevereiro de 2012

Tradução: Paulo Neves
Capa: Marco Cena
Preparação: Patrícia Rocha
Revisão: Lívia Schleder de Borba

CIP-Brasil. Catalogação na Fonte
Sindicato Nacional dos Editores de Livros, RJ.

L486a

Leblanc, Maurice, 1864-1941
   Arsène Lupin, ladrão de casaca / Maurice Leblanc; tradução de Paulo Neves. – Porto Alegre, RS: L&PM, 2012.
   208p.   (Coleção L&PM POCKET, v. 1010)

   Tradução de: *Arsène Lupin, gentleman cambrioleur*
   ISBN 978-85-254-2576-8

   1. Conto policial francês. I. Neves, Paulo, 1947-. II. Título. III. Série.

12.0150.   CDD: 843
                            CDU: 821.133.1-3

Este livro foi publicado originalmente em 1907.
© da tradução, L&PM Editores, 2012

Todos os direitos desta edição reservados a L&PM Editores
Rua Comendador Coruja, 314, loja 9 – Floresta – 90.220-180
Porto Alegre – RS – Brasil / Fone: 51.3225.5777 – Fax: 51.3221.5380

Pedidos & Depto. Comercial: vendas@lpm.com.br
Fale conosco: info@lpm.com.br
www.lpm.com.br

Impresso na Gráfica e Editora Pallotti, Santa Maria, RS, Brasil
Verão de 2012

Sumário

I – A detenção de Arsène Lupin 7

II – Arsène Lupin na prisão 24

III – A fuga de Arsène Lupin 47

IV – O viajante misterioso..71

V – O colar da rainha 90

VI – O sete de copas..109

VII – O cofre-forte da sra. Imbert..............................149

VIII – A pérola negra 162

IX – Herlock Sholmes chega tarde demais 179

I

A DETENÇÃO DE ARSÈNE LUPIN

Estranha viagem! No entanto ela começou tão bem... Eu nunca havia feito outra que se anunciasse sob melhores auspícios. O *Provence* é um transatlântico rápido, confortável, comandado pelo mais afável dos homens. A sociedade mais seleta se achava ali reunida. Relações se formavam, divertimentos se preparavam. Tínhamos aquela impressão esquisita de estar separados do mundo, reduzidos a nós mesmos como numa ilha desconhecida, obrigados, portanto, a nos aproximar uns dos outros.

E nos aproximávamos...

Alguma vez já pensaram no que há de original e de imprevisto nesse grupo de indivíduos que ainda na véspera não se conheciam e que, durante alguns dias, vão viver a vida mais íntima, que juntos vão desafiar as cóleras do oceano, o assalto aterrador das ondas e a dissimulada calma da água adormecida?

No fundo, vivida numa espécie de resumo trágico, com suas tempestades e suas grandezas, sua monotonia e diversidade, é a própria vida o que leva, talvez, a usufruirmos com uma pressa febril e uma volúpia tanto mais intensa essa curta viagem, da qual se percebe o fim a partir do momento em que começa.

Mas, de uns anos para cá, algo faz aumentar singularmente as emoções da travessia. A pequena ilha flutuante depende ainda de um mundo do qual nos julgávamos libertados. Um vínculo subsiste, que se desata aos poucos, em pleno oceano, para se reatar aos poucos, em pleno oceano. O telégrafo sem fio! Apelos de outro universo do qual recebemos notícias da maneira mais misteriosa que existe! A imaginação não tem mais o recurso de evocar fios de aço através dos quais circulariam mensagens invisíveis. O mistério é mais insondável ainda, mais poético também, e é às asas do vento que temos de recorrer para explicar esse novo milagre.

Assim, nas primeiras horas, sentimo-nos seguidos, escoltados, precedidos mesmo por essa voz longínqua que, de tempo em tempo, sussurrava a um de nós algumas palavras da terra distante. Dois amigos me falaram. Outros dez, vinte, enviaram a todos nós, através do espaço, suas despedidas contristadas ou sorridentes.

Ora, no segundo dia, a oitocentos quilômetros da costa francesa, numa tarde tempestuosa, o telégrafo sem fio nos transmitiu um despacho cujo teor era o seguinte:

Arsène Lupin a bordo, primeira classe, cabelos louros, ferimento no antebraço direito, viaja sozinho, sob o nome de R...

Nesse momento preciso, uma violenta trovoada ressoou no céu escuro. As ondas elétricas foram interrompidas. O resto do despacho não nos chegou. Do nome sob o qual se ocultava Arsène Lupin, soube-se apenas a inicial.

Se fosse qualquer outra notícia, não tenho a menor dúvida de que o segredo teria sido escrupulosamente guardado pelos empregados do posto telegráfico, bem como pelo comissário de bordo e pelo comandante. Mas há acontecimentos que parecem contrariar a mais rigorosa discrição. No mesmo dia, sem que se pudesse dizer como vazara a informação, todos sabíamos que o famoso Arsène Lupin se ocultava a bordo.

Arsène Lupin entre nós! O ladrão impossível de agarrar, cujas proezas eram contadas, havia meses, em todos os jornais! O enigmático personagem com quem o velho Ganimard, nosso melhor policial, iniciara um duelo de morte cujas peripécias se desenrolavam de forma tão pitoresca! Arsène Lupin, o caprichoso gentleman que só age nos castelos e nos salões e que, certa noite, tendo adentrado a casa do barão Schormann, saiu dali de mãos vazias e deixou seu cartão ornado com esta frase: "*Arsène Lupin, ladrão de casaca, voltará quando os móveis forem autênticos*". Arsène Lupin, o homem dos mil disfarces, sucessivamente motorista, tenor, bookmaker, filho de boa família, adolescente, velho, caixeiro-viajante marselhês, médico russo, toureiro espanhol!

Percebam bem o seguinte: Arsène Lupin indo e vindo no ambiente relativamente restrito de um transatlântico, no recanto da primeira classe onde todos se viam a todo instante, na sala de refeições, no salão, na sala de fumar! Arsène Lupin talvez fosse esse senhor... ou aquele... meu vizinho de mesa... meu companheiro de cabine...

– E isso ainda vai durar cinco vezes 24 horas! – exclamou no dia seguinte Miss Nelly Underdown. – É intolerável! Espero que ele seja detido.

E, dirigindo-se a mim:

– E então, sr. d'Andrézy, já que tem boas relações com o comandante, não sabe de nada?

Bem que eu gostaria de saber alguma coisa para agradar Miss Nelly. Era uma dessas magníficas criaturas que, onde quer que estejam, logo ocupam o lugar mais proeminente e deslumbram tanto pela beleza quanto pela fortuna. Elas têm uma corte, adeptos fervorosos, entusiastas.

Criada em Paris pela mãe francesa, ela partia ao encontro do pai, o riquíssimo Underdown, de Chicago. Uma de suas amigas, Lady Jerland, a acompanhava.

Desde a primeira hora me propus a flertar com ela. Mas, na intimidade rápida da viagem, seu charme logo me perturbou, e passei a me sentir um pouco emocionado demais quando seus grandes olhos negros encontravam os meus. No entanto, ela acolheu minhas homenagens com algum favor. Ria das minhas frases espirituosas e se interessava por minhas anedotas. Uma vaga simpatia parecia responder à solicitude que eu lhe demonstrava.

Um único rival talvez me inquietasse, um rapaz bastante bonito, elegante, reservado, cujo humor taciturno ela parecia às vezes preferir aos meus modos mais extrovertidos de parisiense.

Ele fazia parte justamente do grupo de admiradores que cercava Miss Nelly quando ela me interrogou. Estávamos no convés, agradavelmente instalados em cadeiras de balanço. A tempestade da véspera havia limpado o céu. O momento era delicioso.

– Nada sei de preciso, senhorita – respondi –, mas não poderíamos nós mesmos conduzir uma investigação, tão bem como o faria o velho Ganimard, o inimigo pessoal de Arsène Lupin?

– Ah! O senhor é muito atrevido!

– Por quê? O problema é tão complicado?

– Muito complicado.

– Está esquecendo os elementos que temos para resolvê-lo.

– Que elementos?

– Primeiro, Lupin se faz chamar sr. R...

– Indicação um tanto vaga.

– Segundo, ele viaja sozinho.

– Essa particularidade será suficiente?

– Terceiro, é louro.
– E então?
– Então só precisamos consultar a lista dos passageiros e proceder por eliminação.

Eu tinha essa lista no bolso. Peguei-a e a percorri.

– Noto, em primeiro lugar, que há somente treze pessoas cuja inicial chama nossa atenção.

– Somente treze?

– Sim, na primeira classe. Desses treze srs. R..., como pode verificar, nove estão acompanhados de mulher, filhos ou empregados. Restam quatro personagens isolados: o marquês de Raverdan...

– Secretário de embaixada – interrompeu Miss Nelly –, eu o conheço.

– O major Rawson...

– É meu tio – disse alguém.

– O sr. Rivolta...

– Presente! – exclamou alguém do grupo, um italiano cujo rosto desaparecia sob uma bela barba escura.

Miss Nelly deu uma risada.

– O senhor não é precisamente louro.

– Então – retomei –, somos obrigados a concluir que o culpado é o último da lista.

– Ou seja?

– Ou seja, o sr. Rozaine. Alguém conhece o sr. Rozaine?

Ninguém falou. Mas Miss Nelly, interpelando o jovem taciturno cuja assiduidade junto dela me atormentava, lhe disse:

– E então, sr. Rozaine, não responde?

Todos os olhos se viraram para ele. Era louro.

Confesso que senti um pequeno choque no fundo de mim. E o silêncio constrangido que pesou sobre nós me indicou que os outros ao redor também sentiam essa espécie de sufoco. Aliás, era absurdo, pois nada no comportamento desse homem permitia suspeitarem dele.

– Por que não respondo? – disse o jovem. – Ora, é que tendo em vista meu nome, minha qualidade de viajante isolado e a cor dos meus cabelos, já procedi a um inquérito análogo e cheguei ao mesmo resultado. Portanto, sou da opinião de que devem me prender.

Ele tinha um ar estranho ao pronunciar essas palavras. Seus lábios finos, como dois traços inflexíveis, se estreitaram ainda mais e empalideceram. Estrias de sangue apareceram em seus olhos.

Sem dúvida ele gracejava. Mas sua fisionomia e sua atitude nos impressionaram. Ingenuamente, Miss Nelly perguntou:

– Mas não tem ferimento, tem?

– É verdade – ele disse –, falta o ferimento.

Com um gesto nervoso, levantou a manga da camisa e descobriu o braço. Mas logo uma ideia me atingiu. Meus olhos cruzaram os de Miss Nelly: ele havia mostrado o braço esquerdo.

E eu já ia fazer esse comentário quando um incidente desviou nossa atenção. Lady Jerland, a amiga de Miss Nelly, chegou correndo.

Estava agitada. Todos se comprimiram a seu redor e só depois de algum esforço ela conseguiu balbuciar:

– Minhas joias, minhas pérolas! Roubaram tudo!

Não, não haviam roubado tudo, como soubemos depois; era bem mais curioso: haviam escolhido!

Do broche de diamantes, do medalhão engastado de rubis, dos colares e dos braceletes, haviam retirado não as pedras maiores, mas as mais finas, mais preciosas, aquelas, digamos, que tinham mais valor ocupando o menor espaço. Os suportes jaziam ali, em cima da mesa. Eu os vi, todos nós os vimos, despojados de suas joias como flores das quais teriam arrancado as belas pétalas cintilantes e coloridas.

E, para executar esse trabalho, durante a hora em que Lady Jerland tomava chá, fora preciso, em pleno dia, e num corredor frequentado, arrombar a porta da cabine, encontrar um pequeno saco propositalmente dissimulado no fundo de uma caixa de chapéus, abri-lo e escolher!

Houve um só grito entre nós. Houve uma só opinião entre todos os passageiros, quando se soube do roubo: foi Arsène Lupin! E, de fato, era realmente seu estilo complicado, misterioso, inconcebível... e no entanto lógico, pois, se era difícil esconder a massa volumosa que o conjunto das joias teria formado, bem menor era a dificuldade de ocultar pequenas coisas independentes umas das outras, pérolas, esmeraldas e safiras!

E, no jantar, aconteceu o seguinte: à direita e à esquerda de Rozaine, os dois lugares permaneceram vazios. E à noite se soube que ele fora convocado pelo comandante.

Sua prisão, que ninguém pôs em dúvida, causou um verdadeiro alívio. Respirava-se, enfim. Naquela noite, todos se distraíram com pequenos jogos, dançaram. Miss Nelly, sobretudo, mostrou uma surpreendente animação que me fez ver que, se as homenagens de Rozaine puderam lhe agradar no início, ela não se lembrava mais disso. Sua graça acabou por me conquistar. Por volta da meia-noite, à claridade serena da lua, declarei a ela meu afeto com uma emoção que não pareceu desagradá-la.

Mas no dia seguinte, para o estupor geral, ficou-se sabendo que, as acusações contra Rozaine não sendo suficientes, ele estava livre.

Filho de um rico negociante de Bordeaux, o jovem exibira papéis perfeitamente em ordem. Além do mais, seus braços não mostravam o menor sinal de ferimento.

– Papéis! Certidões de nascimento! – exclamaram os inimigos de Rozaine. – Arsène Lupin pode forjá-los à vontade! Quanto ao ferimento, é porque não o sofreu... ou apagou os vestígios!

Objetaram que, na hora do roubo, Rozaine – estava comprovado – passeava no convés. Ao que os primeiros argumentavam:

– Um homem da têmpera de Arsène Lupin tem necessidade de assistir ao roubo que comete?

Havia ainda, independentemente de qualquer outra consideração, um ponto que os mais céticos não podiam contestar. Quem, senão Rozaine, viajava sozinho, era louro e tinha um nome que começava por R? Quem o telegrama designava, senão Rozaine?

E quando este, alguns minutos antes do almoço, se dirigiu audaciosamente até o nosso grupo, Miss Nelly e Lady Jerland se levantaram e se afastaram.

Era uma clara reação de medo.

Uma hora mais tarde, uma circular manuscrita passava de mão em mão entre empregados de bordo, marujos e viajantes de todas as classes: o sr. Louis Rozaine prometia uma soma de dez mil francos a quem desmascarasse Arsène Lupin ou descobrisse o possuidor das joias roubadas.

– E se ninguém vier em meu auxílio contra esse bandido – declarou Rozaine ao comandante – me encarregarei dele sozinho.

Rozaine contra Arsène Lupin, ou melhor, segundo uma frase que circulou, Arsène Lupin contra Arsène Lupin: era uma luta interessante!

Ela se prolongou durante dois dias.

Rozaine foi visto andando de um lado a outro, abordando empregados, interrogando, bisbilhotando. Avistaram sua sombra vagando à noite.

O comandante, por sua vez, mostrou a mais ativa energia. De cima a baixo, em todos os cantos, o *Provence* foi vasculhado. Buscas foram feitas em todas as cabines, sem exceção, sob o pretexto muito justo de que os objetos estariam escondidos em qualquer lugar, exceto na cabine do culpado.

— Acabarão por descobrir alguma coisa, não acha? — perguntou-me Miss Nelly. — Por mais feiticeiro que seja, ele não pode fazer diamantes e pérolas ficarem invisíveis.

— Mas nesse caso — respondi — seria preciso explorar o forro de chapéus ou casacos e tudo o que trazemos conosco.

E, mostrando a ela minha Kodak, uma 9 por 12 com a qual não me cansava de fotografá-la nas atitudes mais diversas:

— Não acha que, num aparelho não maior que este, haveria lugar para todas as pedras preciosas de Lady Jerland? Finge-se tirar fotos, e a trapaça está garantida.

— Mas ouvi dizer que não há ladrão que não deixe atrás de si uma pista qualquer.

— Menos um: Arsène Lupin.

— Por quê?

— Porque ele não pensa apenas no roubo que comete, mas em todas as circunstâncias que poderiam denunciá-lo.

— No início o senhor estava mais confiante.

— Sim, mas depois que o vi em ação...

— E então, o que acha?

— Na minha opinião, estão perdendo tempo.

E, de fato, as investigações não produziam resultado algum ou, pelo menos, acabaram por produzir um que contrariou o esforço geral: o relógio de bolso do comandante foi roubado.

Furioso, este redobrou o ardor e passou a vigiar ainda mais de perto Rozaine, com quem teve várias conversas. No dia seguinte, divertida ironia, encontraram o relógio entre os colarinhos postiços do subcomandante.

Tudo isso tinha um ar de prodígio e mostrava claramente o estilo humorístico de Arsène Lupin, ladrão, vá lá, mas diletante também. Ele trabalhava por prazer e por vocação, é verdade, mas também por divertimento. Dava a impressão do cavalheiro que se diverte com a peça que prega e que, nos bastidores, morre de rir de suas espertezas e das situações que imaginou.

Decididamente era um artista no seu gênero, e, quando observei Rozaine, taciturno e obstinado, e pensei no duplo papel que esse curioso personagem desempenhava, não pude falar dele sem certa admiração.

Ora, na penúltima noite de viagem, o oficial de vigia ouviu gemidos no lugar mais escuro do convés. Aproximou-se. Um homem estava estendido, a cabeça envolta numa echarpe cinza bastante espessa, os punhos amarrados com uma corda fina.

Tiraram-lhe as ataduras, levantaram-no, cuidados lhe foram prestados.

Era Rozaine, assaltado durante uma de suas expedições, derrubado e roubado. Um cartão de visita fixado por uma agulha no seu casaco trazia estas palavras:

Arsène Lupin aceita com gratidão os dez mil francos do sr. Rozaine.

Na realidade, a carteira roubada continha vinte notas de mil.

Naturalmente, acusaram o infeliz de ter simulado esse ataque contra si mesmo. Mas, além de lhe ser impossível atar-se daquela forma, ficou claro que a escrita do cartão diferia da escrita de Rozaine, e se não era idêntica, se assemelhava à de Arsène Lupin, tal como a reproduzia um antigo diário encontrado a bordo.

Assim, portanto, Rozaine não era mais Arsène Lupin. Rozaine era Rozaine, filho de um negociante de Bordeaux. E a presença de Arsène Lupin se afirmava mais uma vez por esse ato temível.

Foi o terror. Ninguém ousou mais ficar sozinho na cabine e tampouco se aventurar nos lugares mais desertos. Por prudência, grupos se formaram entre pessoas seguras umas das outras. E mesmo assim uma desconfiança instintiva dividia os mais íntimos. É que a ameaça não provinha de um indivíduo isolado e, por isso, menos perigoso. Arsène Lupin era agora... todo mundo. Nossa imaginação excitada lhe atribuía um poder milagroso e ilimitado. Supunham-no capaz de adotar os disfarces mais inesperados, ser sucessivamente o respeitável major Rawson ou o nobre marquês de Raverdan, ou mesmo – pois ninguém se detinha mais na inicial acusadora – essa ou aquela pessoa conhecida de todos, que tinha mulher, filhos, empregados.

Os novos despachos pelo telégrafo sem fio não trouxeram novidades. Pelo menos o comandante nada nos comunicou, e esse silêncio não era para nos tranquilizar.

Com isso o último dia pareceu interminável. Vivia-se na espera ansiosa de uma desgraça. Dessa vez não seria mais um roubo, não seria mais uma simples agressão: seria um crime, um assassinato. Ninguém admitia que Arsène Lupin se contentaria com dois roubos insignificantes. Mestre absoluto do navio, tendo reduzido as autoridades à impotência, bastava-lhe querer, tudo lhe era permitido, ele dispunha dos bens e das pessoas.

Horas deliciosas para mim, confesso, pois elas me valeram a confiança de Miss Nelly. Impressionada por tantos acontecimentos, inquieta já por natureza, ela buscou espontaneamente ao meu lado uma proteção, uma segurança que eu estava feliz de lhe oferecer.

No fundo, eu bendizia Arsène Lupin. Não foi ele que nos aproximou? Não foi graças a ele que tive o direito de me entregar aos mais belos sonhos? Sonhos de amor e sonhos menos quiméricos, por que não confessá-lo? Os Andrézy são uma linhagem conhecida de Poitou, mas seu brasão é um tanto desdourado, e não me parece indigno de um fidalgo pensar em devolver a seu nome o lustro perdido.

E esses sonhos, eu sentia, não perturbavam de modo algum Nelly. Seus olhos sorridentes me autorizavam a tê-los. A doçura da sua voz me dizia para esperar.

E até o último momento, debruçados na amurada, ficamos um perto do outro, enquanto a linha da costa americana vogava à nossa frente.

As buscas haviam sido interrompidas. Esperavam. Da primeira classe até a área onde se amontoavam os emigrantes, todos aguardavam o minuto supremo no qual se explicaria enfim o insolúvel enigma. Quem era Arsène Lupin? Sob que nome, sob que máscara se ocultava o famoso Arsène Lupin?

E esse minuto supremo chegou. Ainda que eu vivesse cem anos, não esqueceria o mais ínfimo detalhe desse momento.

– Como está pálida, srta. Nelly! – eu disse à minha companheira, que se apoiava no meu braço, quase desfalecida.

– E o senhor? – ela me respondeu. – Parece tão mudado!

– Mas veja! Este minuto é apaixonante e estou feliz de vivê-lo ao seu lado, srta. Nelly. Acho que sua lembrança às vezes se deterá...

Ela não escutava, ofegante e febril. A passarela baixou. Mas, antes que tivéssemos a liberdade de atravessá-la, homens subiram a bordo, homens da aduana, uniformizados.

A srta. Nelly balbuciou:

— Se descobrissem que Arsène Lupin escapou durante a travessia, eu não ficaria surpresa.

— Talvez ele tenha preferido a morte à desonra e se jogado no Atlântico para não ser preso.

— Não brinque! – ela disse, irritada.

De repente estremeci e, quando ela me interrogou, eu disse:

— Está vendo aquele velhote de pé na extremidade da passarela?

— Com um guarda-chuva e uma sobrecasaca verde-oliva?

— É Ganimard.

— Ganimard?

— Sim, o célebre policial, o que jurou prender Arsène Lupin com as próprias mãos. Ah! Compreendo por que não receberam informações deste lado do oceano. Ganimard estava aqui. Ele prefere que ninguém se ocupe dos seus casos.

— Então é certo que Arsène Lupin será detido?

— Quem sabe? Parece que Ganimard nunca o viu a não ser com o rosto maquiado e disfarçado. A menos que conheça seu falso nome...

— Ah! Se eu pudesse assistir à detenção – ela disse com aquela curiosidade um pouco cruel das mulheres.

— Tenhamos paciência. Certamente Arsène Lupin já notou a presença do inimigo. Preferirá sair entre os últimos, quando o olhar do velho estiver fatigado.

O desembarque começou. Apoiado no seu guarda-chuva, com um ar indiferente, Ganimard não parecia prestar atenção na multidão que se comprimia entre as duas balaustradas. Notei que um oficial de bordo, postado atrás dele, lhe passava informações de vez em quando.

O marquês de Raverdan, o major Rawson, o italiano Rivolta passaram, além de outros, muitos outros... Vi que Rozaine se aproximava.

– Talvez seja ele, apesar de tudo – disse-me a srta. Nelly. – O que acha?

– Penso que seria muito interessante ter numa mesma fotografia Ganimard e Rozaine. Pegue a minha câmera, estou muito carregado.

Entreguei-lhe a Kodak, mas tarde demais para que ela pudesse utilizá-la. Rozaine passava. O oficial se inclinou ao ouvido de Ganimard, este alçou ligeiramente os ombros e deixou passá-lo.

Mas então, meu Deus, quem era Arsène Lupin?

– Sim – ela disse em voz alta –, quem é ele?

Não havia mais que uns vinte passageiros. Ela os observava, um a um, com o temor confuso de que ele estivesse entre esses vinte.

Eu disse a ela:

– Não podemos mais esperar.

Ela avançou, eu a acompanhei. Mas não havíamos dado dez passos e Ganimard nos barrou a passagem.

– Que houve? – exclamei.

– Um instante, senhor, por que a pressa?

– Acompanho a senhorita.

– Um instante – ele repetiu, com uma voz mais imperiosa.

Encarou-me profundamente, depois me disse, olhos nos olhos:

– Arsène Lupin, não é?

Pus-me a rir.

– Bernard d'Andrézy, apenas.

– Bernard d'Andrézy morreu há três anos na Macedônia.

– Se Bernard d'Andrézy estivesse morto, eu não estaria mais neste mundo. E não é o caso. Aqui estão meus papéis.

– São os dele. Como os obteve é o que terei o prazer de lhe explicar.

– Mas o senhor está louco! Arsène Lupin embarcou sob o nome de R.

– Sim, mais um dos seus truques, uma falsa pista na qual lançou o pessoal de lá. Ah! Você é muito esperto, meu rapaz. Mas desta vez a sorte virou. Vamos, Lupin, mostre que é um bom jogador.

Hesitei um segundo. Com um golpe seco ele me bateu no antebraço direito. Dei um grito de dor. Ele havia atingido o ferimento ainda mal curado que o telegrama assinalava.

Tudo bem, era preciso resignar-se. Voltei-me para a srta. Nelly. Ela escutava, lívida, vacilante.

Seu olhar cruzou o meu, depois baixou para a Kodak que eu lhe entregara. Ela fez um gesto brusco e tive a impressão, tive a certeza de que havia compreendido tudo. Sim, era ali, dentro da máquina fotográfica, no interior do objeto que eu tivera a precaução de depositar entre suas mãos antes que Ganimard me prendesse, era ali que estavam os vinte mil francos de Rozaine, as pérolas e os diamantes de Lady Jerland.

Ah! Juro que naquele momento solene, enquanto Ganimard e dois de seus auxiliares me cercavam, tudo me foi indiferente, minha prisão, a hostilidade das pessoas, tudo, exceto isto, a resolução que Miss Nelly tomaria acerca do que eu lhe confiara.

Que tivessem contra mim essa prova material e decisiva, não era o que eu temia, mas sim que Miss Nelly se decidisse a fornecer essa prova.

Eu seria traído por ela? Condenado por ela? Agiria ela como inimiga que não perdoa, ou como mulher que se lembra e cujo desprezo se abranda com um pouco de indulgência, com um pouco de simpatia involuntária?

Ela passou diante de mim. Saudei-a discretamente, sem uma palavra. Misturada aos outros viajantes, dirigiu-se à passarela, com minha Kodak na mão.

Mas, ao chegar ao meio da passarela, num gesto de inabilidade simulada, deixou-a cair na água, entre o muro do cais e o flanco do navio.

Depois a vi afastar-se.

A linda silhueta se perdeu na multidão, apareceu de novo, desapareceu. Estava acabado, acabado para sempre.

Por um instante fiquei imóvel, ao mesmo tempo triste e tocado por uma doce ternura, depois suspirei, para o grande espanto de Ganimard:

– Que pena, apesar de tudo, não ser um homem de bem...

Foi assim que, numa noite de inverno, Arsène Lupin me contou a história da sua prisão. Alguns incidentes, cujas circunstâncias algum dia relatarei, haviam estabelecido entre nós laços... de amizade, eu diria? Sim, ouso acreditar que Arsène Lupin me honra com alguma amizade, e que é por amizade que chega às vezes de surpresa à minha casa, trazendo, ao silêncio do meu gabinete de trabalho, uma alegria juvenil, o brilho da sua vida ardente, o belo humor de um homem para quem o destino reservou apenas favores e sorrisos.

Seu retrato? Como eu poderia fazê-lo? Vinte vezes vi Arsène Lupin, e vinte vezes foi um indivíduo diferente que me apareceu... Ou melhor, o mesmo indivíduo do qual vinte espelhos me apresentaram imagens deformadas, cada uma com olhos particulares, um rosto especial, gestos próprios, uma silhueta e um caráter.

– Eu mesmo – ele me disse – não sei mais quem sou. Num espelho não me reconheço mais.

Tirada espirituosa e paradoxal, certamente, mas verdade em relação àqueles que o encontram e ignoram seus recursos infinitos, sua paciência, sua arte da maquiagem, sua prodigiosa capacidade de transformar até mesmo as proporções do rosto e de alterar a relação de seus traços entre si.

– Por que – diz ele ainda – eu teria uma aparência definida? Por que não evitar esse perigo de uma personalidade sempre idêntica? Meus atos me designam o suficiente.

E ele acrescenta, com uma ponta de orgulho:

– Tanto melhor se nunca puderem dizer com toda a certeza: este é Arsène Lupin. O essencial é que digam sem temor de erro: Arsène Lupin fez isso.

São alguns desses atos, algumas dessas aventuras que busco reconstituir, baseado em confidências que ele teve a bondade de me fazer, em algumas noites de inverno, no silêncio do meu gabinete de trabalho...

II

Arsène Lupin na prisão

Não há turista digno desse nome que não conheça as margens do Sena e que não tenha notado, indo das ruínas de Jumièges às ruínas de Saint-Wandrille, o estranho castelo feudal do Malaquis, tão orgulhosamente plantado na rocha, em pleno rio. O arco de uma ponte o liga à estrada. A base de seus torreões escuros se confunde com o granito que o suporta, bloco enorme desprendido de não se sabe que montanha e lançado ali por alguma formidável convulsão. Ao redor, a água calma do grande rio brinca entre os juncos, e alvéolas agitam sua cauda sobre a crista úmida dos seixos.

A história do Malaquis é rude como seu nome, áspera como seu perfil. Não é mais que uma sucessão de combates, cercos, assaltos, rapinas e massacres. Nos serões da região de Caux, as pessoas evocam, arrepiadas, os crimes que lá se cometeram, contam misteriosas lendas, falam do famoso túnel que conduzia outrora à abadia de Jumièges e ao solar de Agnès Sorel, a bela amante do rei Carlos VII.

Nesse antigo antro de heróis e de bandidos, mora o barão Nathan Cahorn, o barão Satã, como o chamavam outrora na Bolsa, onde enriqueceu de maneira um tanto abrupta. Os senhores do Malaquis, arruinados, devem ter lhe vendido, por uma bagatela, a moradia de seus antepassados. Lá ele instalou admiráveis coleções de móveis e de quadros, faianças e madeiras esculpidas. Lá vive sozinho com três velhos empregados. Ninguém mais tem acesso ao lugar. Ninguém nunca contemplou, nas paredes dessas salas antigas, os três Rubens que ele possui, os dois Watteau, o púlpito esculpido por Jean Goujon e tantas outras maravilhas arrancadas a golpes de dinheiro dos mais ricos frequentadores dos leilões públicos.

O barão Satã tem medo. Medo não por ele, mas pelos tesouros acumulados graças à paixão tenaz e à perspicácia de um colecionador que os *marchands* mais astutos não conseguiram induzir ao erro. Ele ama esses tesouros. Ama-os com avidez, como um avarento; com ciúmes, como um apaixonado.

Todo dia, ao pôr do sol, as quatro portas de ferro, que protegem as extremidades da ponte e a entrada do pátio principal, são fechadas e aferrolhadas. Ao menor toque, campainhas elétricas vibrariam no silêncio. Do lado do Sena, nada a temer: a rocha se ergue a pino.

Ora, numa sexta-feira de setembro, o carteiro se apresentou como de costume na cabeceira da ponte. E, segundo a regra cotidiana, foi o barão que entreabriu o pesado batente.

Ele examinou o homem tão minuciosamente como se não conhecesse, havia anos, aquele rosto faceiro e aqueles olhos maliciosos de camponês, e o carteiro lhe disse, rindo:

– Sou eu mesmo, sr. barão. Não sou um outro que teria posto meu casaco e meu boné.

– Nunca se sabe – murmurou Cahorn.

O carteiro lhe entregou uma pilha de jornais. Depois acrescentou:

– Hoje há novidades, sr. barão.
– Novidades?
– Uma carta... e registrada ainda por cima.

Isolado, sem amigos ou alguém que se interessasse por ele, nunca o barão recebia cartas, e isso logo lhe pareceu um acontecimento de mau agouro sobre o qual havia motivos para se inquietar. Quem era o misterioso correspondente que vinha procurá-lo no seu retiro?

– É preciso assinar, sr. barão.

Ele assinou, resmungando. Depois pegou a carta, esperou que o carteiro desaparecesse na curva da estrada e, após dar uns passos de um lado a outro, apoiou-se contra o parapeito da ponte e abriu o envelope. Numa folha de papel quadriculado, havia este cabeçalho manuscrito: *Prisão de la Santé, Paris.* Olhou a assinatura: *Arsène Lupin.* Estupefato, ele leu:

Senhor barão,
Na galeria que reúne seus dois salões, há um quadro de Philippe de Champaigne de execução magistral e que me agrada infinitamente. Seus Rubens também são do meu gosto, bem como o seu pequeno Watteau. No salão da direita, observo o aparador Luís XIII, as tapeçarias de Beauvais, a mesinha de canto do Império assinada por Jacob e o baú do Renascimento. No da esquerda, toda a vitrine de joias e miniaturas.
Desta vez me contentarei com esses objetos que, acredito, serão facilmente vendidos. Assim lhe peço para fazê-los embalar convenientemente e despachá-los em meu nome (frete pago), para a estação des Batignolles, antes de oito dias. Caso contrário eu mesmo terei de proceder ao transporte na noite de quarta-feira, 27, a quinta-feira, 28 de setembro. E, como é devido, não me contentarei com objetos que não os indicados.

Queira escusar o pequeno incômodo que lhe causo e aceitar a expressão de meus sentimentos de respeitosa consideração.
Arsène Lupin.
P.S. – Sobretudo não me envie o maior dos Watteau. Embora tenha pago por ele trinta mil francos em leilão, não passa de uma cópia, o original tendo sido queimado, na época do Diretório, por Barras, numa noite de orgia. Consultar as Memórias inéditas de Garat.
Não me interesso tampouco pela joia de cintura Luís XV, cuja autenticidade me parece duvidosa.

Essa carta deixou o barão desnorteado. Assinada por qualquer outro, já o teria alarmado consideravelmente, mas assinada por Arsène Lupin!...

Leitor assíduo dos jornais, a par de tudo o que se passava no mundo em matéria de roubo e de crime, ele não ignorava as façanhas do infernal ladrão. Sem dúvida sabia que Lupin, detido na América por seu inimigo Ganimard, estava de fato encarcerado, que seu processo estava sendo instruído – com que dificuldade! Mas sabia também que se podia esperar tudo da parte dele. Aliás, esse conhecimento exato do castelo, da disposição dos quadros e dos móveis, era um sinal dos mais temíveis. Quem o havia informado sobre coisas que ninguém viu?

O barão levantou os olhos e contemplou o perfil rude do Malaquis, seu pedestal abrupto, a água profunda que o cerca, e alçou os ombros. Não, decididamente não havia perigo algum. Ninguém no mundo poderia penetrar no santuário inviolável das suas coleções.

"Ninguém" é certo, mas Arsène Lupin? Será que para ele existem portas, pontes levadiças, muralhas? De que servem os obstáculos melhor imaginados, as precauções mais hábeis, se Arsène Lupin decidiu atingir o objetivo?

Na mesma noite ele escreveu ao procurador da república de Rouen, enviando a carta ameaçadora e reclamando ajuda e proteção.

A resposta não tardou. Estando o dito Arsène Lupin atualmente preso na Santé, vigiado de perto e na impossibilidade de escrever, a carta só podia ser obra de um mistificador. Tudo o demonstrava, a lógica e o bom-senso, bem como a realidade dos fatos. Mesmo assim, e por excesso de prudência, o exame da escrita fora encarregado a um perito, e esse declarou que, apesar de certas analogias, essa escrita não era a do detido.

"Apesar de certas analogias": o barão reteve apenas essas palavras preocupantes, nas quais via a confissão de uma dúvida que por si só devia ser suficiente para exigir a intervenção da justiça. Seus temores se exasperaram. Ele não parava de reler a carta. "Eu mesmo terei de proceder ao transporte." E também essa data precisa, a noite entre quarta-feira, 27, e quinta-feira, 28 de setembro!

Desconfiado e taciturno, não ousara contar a seus empregados, cuja lealdade lhe parecia acima de qualquer suspeita. No entanto, pela primeira vez depois de anos, sentia a necessidade de falar, de pedir conselho. Abandonado pela justiça da região, não lhe restava senão defender-se com os próprios recursos, e esteve a ponto de ir a Paris e implorar o auxílio de algum ex-policial.

Dois dias se passaram. No terceiro, ao ler os jornais, teve um sobressalto de alegria. *Le Réveil de Caudebec* publicava esta nota:

> *Temos o prazer de contar em nossa cidade, já há três semanas, com a presença do inspetor Ganimard, um dos veteranos da polícia. O sr. Ganimard, a quem a detenção de Arsène Lupin, sua última façanha, valeu uma reputação europeia, repousa de suas longas tarefas, distraindo-se em pescarias.*

Ganimard! Eis aí o auxiliar que o barão Cahorn buscava! Para frustrar os projetos de Lupin, quem melhor do que o astuto e paciente Ganimard?

O barão não hesitou. Seis quilômetros separavam o castelo da pequena cidade de Caudebec. Ele os percorreu com um passo alegre, como um homem que a esperança de salvação anima.

Após várias tentativas infrutíferas para saber o endereço do inspetor, dirigiu-se até a redação do *Réveil*, na praça principal. Lá encontrou o redator da nota que, aproximando-se da janela, lhe falou:

– Certamente encontrará Ganimard na beira do cais, pescando. Foi lá que o encontrei, ao ler por acaso seu nome gravado na vara de pescar. Está vendo aquele velhote ali adiante, sob as árvores do passeio?

– De sobrecasaca e chapéu de palha?

– Exatamente! É um tipo mal-humorado e que não gosta de conversa.

Cinco minutos depois, o barão abordava o célebre Ganimard. Apresentou-se e tentou puxar conversa. Não conseguindo, expôs diretamente a questão e seu problema.

O outro escutou, imóvel, sem perder de vista o peixe que espreitava; depois virou a cabeça para o barão, mediu-o dos pés à cabeça com um ar de profunda piedade e pronunciou:

– Senhor, não é muito comum prevenir as pessoas que se quer roubar. Arsène Lupin, em particular, não comete tais bobagens.

– Mas...

– Senhor, se eu tivesse a menor dúvida, acredite que o prazer de pegar mais uma vez Lupin prevaleceria sobre qualquer outra consideração. Por infelicidade, esse homem está preso.

– E se ele escapar?

– Ninguém escapa da Santé.
– Mas ele...
– Nem ele nem qualquer outro.
– Mesmo assim...
– Pois bem, se ele escapar, eu o pegarei de novo. Pode dormir em paz e não volte mais a espantar meus peixes.

A conversa havia terminado. O barão retornou ao castelo, um pouco tranquilizado com a despreocupação de Ganimard. Verificou as fechaduras, espionou os empregados, e 48 horas se passaram durante as quais chegou quase a se convencer de que seus temores eram totalmente infundados. De fato, como disse Ganimard, ninguém previne as pessoas que se quer roubar.

A data se aproxima. Na manhã de terça-feira, véspera do dia 27, nada de especial. Mas às três da tarde um garoto tocou a campainha. Trazia um telegrama.

Nenhuma encomenda na estação des Batignolles. Prepare tudo para amanhã à noite.

Arsène.

De novo ele ficou transtornado, a tal ponto que se perguntou se não cederia às exigências de Arsène Lupin.

Correu até Caudebec. Ganimard pescava no mesmo lugar, sentado numa cadeira de armar. Sem uma palavra, ele lhe estendeu o telegrama.

– E daí? – disse o inspetor.
– Daí? Mas está marcado para amanhã!
– O quê?
– O assalto, a pilhagem das minhas coleções!

Ganimard depôs a linha de pesca, virou-se para ele e, com os dois braços cruzados sobre o peito, exclamou num tom de impaciência:

– O senhor está pensando que vou me ocupar de uma história tão estúpida como essa?

– Quanto quer para passar a noite de 27 a 28 no castelo?

– Nem um tostão, deixe-me em paz!

– Dê seu preço, sou um homem rico, muito rico.

A brutalidade da oferta desconcertou Ganimard que retomou, mais calmo:

– Estou aqui de férias e não tenho o direito de me envolver...

– Ninguém saberá. Aconteça o que acontecer, prometo guardar segredo.

– Ora, não acontecerá nada.

– Vejamos, que tal três mil francos, é o suficiente?

O inspetor deu uma tragada no cachimbo, refletiu e por fim falou:

– Tudo bem. Mas devo lhe deixar claro que é dinheiro jogado fora.

– Não me importo.

– Nesse caso... Bem, e afinal, nunca se sabe, com esse diabo do Lupin! Ele deve ter um bando inteiro às suas ordens... O senhor confia nos seus empregados?

– Totalmente.

– Mas não contemos com eles. Vou avisar por telegrama dois rapazes, amigos meus, que nos darão mais segurança... E agora desapareça, que não nos vejam juntos. Até amanhã, às nove da noite.

No dia seguinte, data marcada por Arsène Lupin, o barão Cahorn pegou suas armas, poliu-as, e saiu a andar ao redor do Malaquis. Não notou nada de anormal.

À noite, às oito e meia, dispensou os empregados. Eles habitavam uma ala cuja fachada dava para a estrada, mas um pouco retirada, numa extremidade do castelo. Quando ouviu passos que se aproximavam, foi abrir a porta.

Ganimard apresentou seus dois auxiliares, rapazes robustos, com pescoço de touro e mãos enormes, depois pediu algumas explicações. Tendo observado a disposição das peças, fechou com cuidado e bloqueou todas as saídas por onde alguém poderia entrar nas salas ameaçadas. Inspecionou as paredes, levantou as tapeçarias, e por fim instalou os agentes na galeria central.

– Nada de besteiras, certo? Não estão aqui para dormir. Ao menor sinal, abram as janelas do pátio e me chamem. Atenção também para o lado da água. Dez metros de falésia vertical é algo que não assusta diabos do calibre de Lupin.

Encerrou-os ali, levou as chaves e disse ao barão:

– E agora, ao nosso posto.

Ele havia escolhido, para passar a noite, uma pequena peça embutida na espessura da muralha, entre as duas portas principais, e que outrora fora o refúgio do vigia. Um postigo se abria para a ponte, outro para o pátio. Num canto se via como que o orifício de um poço.

– Pelo que me disse, sr. barão, esse poço era a única entrada subterrânea e há muito tempo foi fechado.

– Sim.

– Então, a menos que haja outra entrada que todos ignoram exceto Arsène Lupin, o que parece pouco provável, estamos tranquilos.

Alinhou três cadeiras, estendeu-se confortavelmente sobre elas, acendeu o cachimbo e suspirou:

– Na verdade, sr. barão, aceitei uma tarefa tão elementar como esta porque estou querendo muito acrescentar um andar à casinha onde devo terminar meus dias. Contarei a história ao amigo Lupin, ele vai morrer de rir.

Mas o barão não riu. Com o ouvido atento, ele interrogava o silêncio com uma inquietação crescente. De tempo em tempo se inclinava sobre o poço e mergulhava na abertura um olhar ansioso.

Soaram onze horas, meia-noite, uma da madrugada.

De repente, ele pegou o braço de Ganimard, que despertou num sobressalto:

– O senhor ouviu?

– Sim.

– O que foi isso?

– Era eu que estava roncando!

– Não! Escute...

– É, de fato, parece a buzina de um automóvel.

– E então?

– Bem, é pouco provável que Lupin se sirva de um automóvel como um aríete para demolir seu castelo. Portanto, sr. barão, volte a seu lugar... estou querendo dormir de novo. Boa noite.

Foi o único sinal. Ganimard pôde retomar o sono interrompido, e o barão não ouviu mais que seu ronco sonoro e regular.

Ao raiar do dia, eles saíram do abrigo. Uma grande paz serena, a paz da manhã junto à água do rio, envolvia o castelo. Cahorn, radiante de alegria, e Ganimard, sempre tranquilo, subiram a escada. Nenhum ruído. Nada suspeito.

– O que eu lhe disse, sr. barão? No fundo, eu não devia ter aceito... Sinto-me envergonhado...

Pegou as chaves e entrou na galeria.

Nas duas cadeiras, curvados, de braços caídos, os dois agentes dormiam.

– Seus filhos de um cão! – grunhiu o inspetor.

No mesmo momento o barão deu um grito:

– Os quadros!... O aparador!...

Ele balbuciava, quase sem ar, com a mão estendida para os lugares vazios, para as paredes nuas onde se viam os pregos, onde pendiam inúteis cordões. O Watteau, desaparecido! Os Rubens, retirados! As tapeçarias, despregadas! As vitrines, esvaziadas de suas joias.

– E meus candelabros Luís XV!... e o castiçal do Regente!... e minha Virgem do século XII!...

Ele corria de um lado para outro, atônito, desesperado. Lembrava os preços de aquisição, somava as perdas sofridas, acumulava números, tudo isso desordenadamente, em palavras indistintas, em frases inacabadas. E tremia, numa convulsão de raiva e de dor. Parecia um homem arruinado a quem só resta estourar os miolos.

Se algo pudesse tê-lo consolado, teria sido ver o estupor de Ganimard. Ao contrário do barão, o inspetor não se mexia. Parecia petrificado, examinando as coisas com olhos vagos. As janelas? Fechadas. As fechaduras das portas? Intactas. Nenhuma brecha no teto, nenhum buraco no piso. A ordem era perfeita. Tudo fora executado metodicamente, segundo um plano inexorável e lógico.

– Arsène Lupin... Arsène Lupin – ele murmurou, arrasado.

Súbito, saltou sobre os dois agentes, como se a cólera enfim o sacudisse, agitou-os com fúria, injuriando-os. Eles não despertaram!

– Diabos! – ele falou. – Será que...?

Inclinou-se sobre os dois e observou cada um com atenção: eles dormiam, mas um sono que não era natural.

Disse ao barão:

– Foram narcotizados.

– Mas por quem?

– Ora bolas, por ele!... ou por seu bando, mas dirigido por ele. É um golpe característico, a assinatura é evidente.

– Então estou perdido, não há nada a fazer.

– Nada.

– Mas é abominável, é monstruoso!

– Faça uma queixa.

– De que adianta?

– Tente, ora essa!... a justiça tem recursos...

– A justiça! Mas o senhor é a prova do que estou dizendo... Veja, neste momento, em que poderia procurar uma pista, descobrir alguma coisa, o senhor mesmo não se mexe.

– Descobrir alguma coisa, com Arsène Lupin? Mas Arsène Lupin, meu caro senhor, nunca deixa pistas atrás dele! Não existe acaso com Arsène Lupin! Chego a me perguntar se não foi voluntariamente que ele se fez prender por mim, na América!

– Então devo renunciar a meus quadros, a tudo! Mas foram as pérolas da minha coleção que ele roubou. Eu daria uma fortuna para recuperá-las. Se nada pode contra ele, que ele diga seu preço!

Ganimard o encarou.

– Essa é uma frase sensata. O senhor não a retira?

– Não, não, não. Mas por quê?

– Tive uma ideia.

– Que ideia?

– Falaremos disso se a investigação não der resultados... Só que não deve dizer nada a meu respeito, se quiser que eu tenha êxito.

E acrescentou, por entre dentes:

– Além do mais, a verdade é que não tenho do que me orgulhar.

Os dois agentes recuperavam aos poucos os sentidos, com aquele ar bestificado dos que saem do sono hipnótico. Abriram olhos espantados, procuravam compreender. Quando Ganimard os interrogou, não se lembravam de nada.

– Mas vocês devem ter visto alguém.

– Não.

– Tentem lembrar.

– Não, não vimos.

– E beberam alguma coisa?
Eles refletiram, e um deles respondeu:
– Sim, bebi um pouco de água.
– Desta garrafa?
– Sim.
– Eu também – declarou o segundo.
Ganimard cheirou-a, degustou-a. Não tinha nenhum gosto especial, nenhum odor.
– Então estamos perdendo tempo – falou o inspetor.
– Não é em cinco minutos que se resolvem os problemas colocados por Arsène Lupin. Mas eu juro que o pegarei de novo. Ele ganhou esta rodada, mas darei o troco!
No mesmo dia uma queixa de roubo qualificado foi apresentada pelo barão Cahorn contra Arsène Lupin, detido na Santé!

Dessa queixa o barão se arrependeu várias vezes, quando viu o Malaquis entregue aos gendarmes, ao procurador, ao juiz de instrução, aos jornalistas e aos curiosos que se insinuam em toda parte onde não deveriam estar.

O caso já apaixonava a opinião pública. Ele ocorrera em condições tão particulares e o nome de Arsène Lupin excitava a tal ponto as imaginações, que as histórias mais extravagantes enchiam as colunas dos jornais e encontravam crédito junto aos leitores.

Mas a carta inicial de Arsène Lupin, que o *Echo de France* publicou (e ninguém nunca soube quem enviou o texto), essa carta, na qual o barão era descaradamente prevenido daquilo que o ameaçava, causou uma emoção considerável. Na mesma hora explicações fabulosas foram propostas. Foi lembrada a existência dos famosos túneis. E a Polícia Judiciária, influenciada, conduziu as investigações nesse sentido.

O castelo foi vasculhado de cima a baixo. Examinaram-se cada uma das pedras, os revestimentos de madeira, as lareiras, as molduras dos espelhos e as vigas dos tetos. À luz de tochas, foram devassados os porões imensos onde os senhores do Malaquis guardavam outrora munições e provisões. Sondaram-se as entranhas do rochedo. Tudo em vão. Não se descobriu o menor vestígio de túnel. Não havia passagem secreta alguma.

Certo, mas móveis e quadros não desaparecem como fantasmas, é o que diziam de todos os lados. Eles saem por portas e janelas, e as pessoas que deles se apoderam se introduzem e saem da mesma forma por portas e janelas. Que pessoas são essas? Como entraram? E como saíram?

A delegacia de Rouen, convencida da sua impotência, solicitou a ajuda de agentes parisienses. O sr. Dudouis, chefe de polícia, enviou seus melhores homens da brigada criminal. Ele mesmo fez uma estada de 48 horas no Malaquis. Também não descobriu nada.

Foi então que mandou chamar o inspetor Ganimard, cujos serviços tivera com frequência a ocasião de apreciar.

Ganimard escutou em silêncio as instruções do seu superior, depois, balançando a cabeça, pronunciou:

– Creio que é um falso caminho continuar insistindo em vasculhar o castelo. A solução está em outra parte.

– Onde então?

– Junto a Arsène Lupin.

– Junto a Arsène Lupin! Supor isso é admitir sua participação.

– Eu a admito. E mais, considero-a como certa.

– Mas é um absurdo, Ganimard. Arsène Lupin está preso.

– Arsène Lupin está preso, concordo. Está sendo vigiado, também concordo. Mas, ainda que tivesse ferros nos pés, algemas nas mãos e uma mordaça na boca, eu não mudaria de opinião.

– E por que essa obstinação?

– Porque somente Arsène Lupin é capaz de montar uma máquina de tal envergadura e montá-la de modo que funcione... como funcionou.

– Palavras, Ganimard.

– Que são realidade. De nada adiantará buscar um túnel, pedras que giram sobre um pivô e outras engenhocas do gênero. Nosso homem não emprega procedimentos tão antiquados assim. É um homem de hoje, ou melhor, de amanhã.

– E o que conclui?

– Concluo pedindo-lhe uma autorização para passar uma hora com ele.

– Na cela dele?

– Sim. Ao voltar da América tivemos ótimas conversas durante a travessia, e ouso dizer que ele tem alguma simpatia por aquele que soube prendê-lo. Se puder me informar sem se comprometer, não me fará perder a viagem.

Era pouco mais de meio-dia quando Ganimard foi introduzido na cela de Arsène Lupin. Este, estendido no leito, ergueu a cabeça e deu um grito de alegria.

– Oh! Mas que verdadeira surpresa! O meu caro Ganimard aqui!

– Ele mesmo.

– Eu desejava muitas coisas no retiro que escolhi... mas nenhuma tanto quanto recebê-lo.

– Muito gentil da sua parte.

– De modo algum, sinto por você a maior estima.

– Fico orgulhoso.

– Sempre afirmei: Ganimard é o nosso melhor detetive. Ele quase se equipara, veja que estou sendo franco, quase se equipara a Sherlock Holmes. Mas peço desculpas por não poder lhe oferecer senão um banquinho. Nem um refresco ou um copo de cerveja. Perdoe-me, estou aqui de passagem.

Ganimard sentou-se, sorrindo, e o prisioneiro continuou, feliz de falar:

– Meu Deus, como estou contente de pôr os olhos na figura de um homem de bem! Estou farto da cara desses espiões e denunciantes que dez vezes por dia vêm revistar meus bolsos e minha modesta cela, para se assegurar de que não preparo uma fuga. Que zelo o governo tem por mim!

– Ele tem razão...

– Ah, não! Eu ficaria tão feliz se me deixassem viver no meu cantinho!

– Com o dinheiro dos outros.

– E daí? Seria tão simples. Mas estou falando demais, dizendo besteiras, e você talvez tenha pressa. Vamos ao que importa, Ganimard. A que devo a honra de uma visita?

– O caso Cahorn – declarou Ganimard, sem rodeios.

– Alto lá! Um instante... É que são tantos os casos! Primeiro preciso achar no meu cérebro o dossiê do caso Cahorn... Ah, sim, aqui está. Caso Cahorn, castelo do Malaquis, no baixo Sena. Dois Rubens, um Watteau e alguns objetos miúdos.

– Miúdos?

– Acredite, são coisas de importância medíocre. Há outras melhores. Mas o que importa é que o caso o interessa. Vamos, fale, Ganimard.

– Devo lhe explicar em que ponto se acha o inquérito?

– Inútil. Li os jornais esta manhã. Permita-me mesmo lhe dizer que avançaram muito pouco.

– É precisamente a razão pela qual venho solicitar seu favor.

– Estou às suas ordens.

– Em primeiro lugar, o seguinte: o caso foi de fato conduzido por você?

– De A a Z.

– A carta de advertência? O telegrama?

– São deste seu servidor. Devo ter em alguma parte as cópias.

Arsène abriu a gaveta de uma pequena mesa em madeira branca que formava, com o leito e o banquinho, todo o mobiliário da cela, pegou duas folhas de papel e as estendeu a Ganimard.

– Ora vejam! – este exclamou. – Eu achava que você estava sendo estritamente vigiado. Mas vejo que lê os jornais, que coleciona os recibos do correio...

– Ah! Essa gente é muito estúpida! Descosem o forro do meu casaco, examinam as solas das minhas botinas, auscultam as paredes desta peça, mas ninguém teria a ideia de que Arsène Lupin é tolo o bastante para escolher um esconderijo tão fácil. Foi exatamente com isso que contei.

Ganimard deu uma risada.

– Você é mesmo desconcertante! Vamos, conte-me a aventura.

– O que está pensando? Iniciá-lo em todos os meus segredos?... Revelar meus pequenos truques?... É coisa muito séria.

– Cometi um erro em contar com sua complacência?

– Não, Ganimard, e já que insiste...

Arsène Lupin deu duas ou três voltas pela cela e então se deteve:

– O que achou da minha carta ao barão?

– Penso que quis se divertir, impressionar um pouco.

– Ah! Impressionar... Sabe, Ganimard, pensei que fosse mais esperto. Acha que eu, Arsène Lupin, perco tempo com essas puerilidades? Acha que eu teria escrito a carta se pudesse roubar o barão sem lhe escrever? Compreenda então, você e os demais: essa carta foi o ponto de partida indispensável, a mola que pôs toda a máquina em ação. Vejamos, procedamos por ordem e preparemos juntos, se quiser, o assalto do Malaquis.

– Eu escuto.

– Então suponhamos um castelo rigorosamente fechado, fortificado, como era o do barão Cahorn. Abandonarei a partida e renunciarei aos tesouros que cobiço, sob pretexto de que o castelo que os contém é inacessível?

– É evidente que não.

– Tentarei o assalto como outrora, à frente de um bando de aventureiros?

– Muito infantil!

– Entrarei sorrateiramente?

– Impossível.

– Resta um meio, o único a meu ver, que é fazer-me convidar pelo proprietário do dito castelo.

– Um meio original!

– E muito fácil. Suponhamos que um dia o dito proprietário recebe uma carta, advertindo-o do que trama contra ele um ladrão famoso, Arsène Lupin. O que ele fará?

– Enviará a carta ao procurador.

– Que zombará dele, *já que o dito Lupin se encontra atualmente preso*. O que deixará o sujeito transtornado, pronto a pedir socorro ao primeiro que aparecer, não é verdade?

– Está fora de dúvida.

– E se porventura ele ler num jornaleco que um célebre policial está passando férias na localidade vizinha...

– Irá procurar esse policial.

– Você falou. Mas, por outro lado, admitamos que, prevendo essa atitude inevitável, Arsène Lupin pediu a um de seus amigos mais hábeis para se instalar em Caudebec, entrar em contato com um redator do *Réveil*, jornal que o barão assina, dando-lhe a entender que é fulano, o policial famoso, o que acontecerá?

– O redator anunciará no *Réveil* a presença em Caudebec do dito policial.

– Perfeito, e das duas, uma: ou o peixe – refiro-me a Cahorn – não morde a isca, e então nada acontece; ou, e é a hipótese mais provável, ele corre até lá, muito esperançoso. E eis então Cahorn implorando a assistência de um de meus amigos!

– Cada vez mais original.

– Claro, o pseudopolicial inicialmente recusa sua ajuda. Nesse ponto chega o telegrama de Arsène Lupin. Pavor do barão, que suplica novamente a meu amigo e lhe oferece dinheiro para zelar por sua salvação. O dito amigo aceita, leva dois rapagões do nosso bando que, à noite, enquanto Cahorn é mantido à vista por seu protetor, retiram pela janela certo número de objetos e os fazem descer, com o auxílio de cordas, até um pequeno barco fretado para essa finalidade. Simples como Lupin.

– E absolutamente maravilhoso! – exclamou Ganimard. – Impossível não reconhecer a ousadia da concepção e a engenhosidade dos detalhes. Mas não sei de nenhum policial bastante ilustre cujo nome tenha podido atrair e sugestionar o barão a esse ponto.

– Há um e somente um.

– Quem?

– O mais ilustre, o inimigo pessoal de Arsène Lupin, em suma, o inspetor Ganimard.

– Eu?!

– Você mesmo, Ganimard. E eis o que é mais delicioso: se você for até lá e o barão decidir falar, acabará por descobrir que seu dever é prender você mesmo, assim como me prendeu na América. Que tal? A revanche é cômica, faço prender Ganimard por Ganimard!

Arsène Lupin ria com gosto. O inspetor, bastante vexado, mordia os lábios. O gracejo não lhe parecia merecer tais acessos de alegria.

A chegada de um guarda lhe deu tempo para se recompor. O homem trazia a refeição que Arsène Lupin, por favor especial, fazia vir do restaurante vizinho. Tendo depositado a bandeja em cima da mesa, o guarda se retirou. Arsène se acomodou, cortou o pão, comeu duas ou três bocadas e continuou:

– Mas fique tranquilo, meu caro Ganimard, você não irá até lá. Vou lhe revelar uma coisa que o deixará estupefato: o caso Cahorn está a ponto de ser arquivado.

– O quê?!

– A ponto de ser arquivado, eu disse.

– Ora essa, acabo de falar com o chefe da polícia!

– E daí? Acaso o sr. Dudouis sabe mais do que eu sobre o que me interessa? Você ficará sabendo que Ganimard, perdão, que o pseudo-Ganimard permaneceu em muito boas relações com o barão. Este, e é a razão pela qual ele nada confessou, o encarregou da delicada missão de negociar comigo uma transação e, neste exato momento, mediante certa quantia, é provável que o barão já tenha recebido de volta seus prezados bibelôs. Em troca, ele retirará a queixa. Portanto, não há mais roubo. Portanto, a Polícia Judiciária terá de abandonar o caso...

Ganimard olhou o detento com um ar estarrecido:

– E como sabe de tudo isso?

– Acabo de receber um telegrama que eu esperava.

– Você acaba de receber um telegrama?

– Agorinha mesmo, caro amigo. Por polidez, não quis lê-lo em sua presença. Mas, se me autorizar...

– Está zombando de mim, Lupin.

– Queira abrir suavemente, meu caro amigo, esse ovo na casca. Você mesmo constatará que não estou zombando.

Maquinalmente Ganimard obedeceu e quebrou o ovo com a lâmina de uma faca. Um grito de surpresa lhe escapou. A casca vazia continha uma folha de papel azul. A pedido de Arsène, Ganimard a desenrolou. Era um telegrama, ou melhor, uma parte de telegrama do qual haviam sido arrancadas as indicações do correio. Ele leu:

Acordo concluído. Cem mil balas entregues. Tudo certo.

– Cem mil balas? – ele disse.

– Sim, cem mil francos! É pouco, mas os tempos andam difíceis... E tenho despesas gerais muito pesadas! Se conhecesse meu orçamento... um orçamento de cidade grande!

Ganimard se levantou. Seu mau humor havia passado. Ele refletiu alguns segundos, com um olhar abrangeu todo o caso para tentar descobrir seu ponto fraco. Depois pronunciou, num tom que deixava transparecer claramente sua admiração de conhecedor:

– Por sorte não há dezenas de homens como você, caso contrário só restaria abandonar a profissão.

Arsène Lupin assumiu um ar modesto e respondeu:

– Ora! Eu precisava me distrair, ocupar as horas vagas... considerando que o golpe só podia dar certo se eu estivesse na prisão.

– Como! – exclamou Ganimard. – Seu processo, a defesa, a instrução, nada disso é suficiente para distraí-lo?

– Não, pois resolvi não assistir ao meu julgamento.

— O quê?!...

Arsène Lupin repetiu pausadamente:

— Não assistirei ao meu julgamento.

— Verdade?

— Meu caro, imagina que vou apodrecer sobre a palha úmida? Você me ultraja. Arsène Lupin só fica na prisão o tempo que lhe apraz, nem um minuto mais.

— Então talvez tivesse sido mais prudente não entrar – objetou o inspetor num tom irônico.

— Está fazendo troça, o senhor que teve a honra de proceder à minha detenção? Pois saiba, respeitável amigo, que ninguém, seja você ou qualquer outro, teria posto a mão em mim se um interesse bem mais alto não me tivesse solicitado num momento crítico.

— Você me surpreende.

— Uma mulher me olhou, Ganimard, e eu a amei. Compreende tudo o que há no fato de ser olhado pela mulher que se ama? Juro que o resto pouco me importava. E é a razão pela qual estou aqui.

— Já há bastante tempo, permita-me observar.

— De início quis esquecê-la. Não ria: a aventura foi encantadora e conservo ainda a terna lembrança... Mas sou também um pouco neurastênico. E a vida de hoje é tão febril! Em certos momentos, é preciso saber fazer o que chamam uma cura de isolamento. E este lugar é perfeito para regimes dessa natureza. Na Santé, pratica-se a cura em todo o seu rigor.

— Arsène Lupin – observou Ganimard –, você está gozando da minha cara.

— Ganimard – afirmou Lupin –, hoje é sexta-feira. Na quarta-feira que vem fumarei meu charuto na sua casa, na Rue Pergolèse, às quatro da tarde.

— Espero você, Arsène Lupin.

Eles trocaram um aperto de mão como dois bons amigos que se estimam no seu justo valor, e o velho policial se dirigiu até a porta.

– Ganimard!

Este se virou.

– Que houve?

– Está esquecendo seu relógio.

– Meu relógio?

– Sim, ele foi parar no meu bolso.

Devolveu-o, desculpando-se.

– Perdoe... é um mau hábito... Mas o fato de terem tomado o meu não é uma razão para eu privá-lo do seu. Ainda mais que possuo um cronômetro do qual não tenho o que me queixar e que satisfaz plenamente minhas necessidades.

E tirou da gaveta um grande relógio de ouro, espesso e confortável, ornado com uma corrente.

– E este, de que bolso saiu? – perguntou Ganimard.

Arsène Lupin examinou com negligência as iniciais.

– J.B.... Quem será que pode ser?... Ah! Sim, lembrei: Jules Bouvier, meu juiz de instrução, um homem encantador...

III

A FUGA DE ARSÈNE LUPIN

No momento em que Arsène Lupin, terminada a refeição, tirava do bolso um belo charuto com um selo dourado e o olhava com prazer, a porta da cela se abriu. Ele só teve o tempo de jogá-lo na gaveta e se afastar da mesa. O guarda entrou, era a hora do passeio.

– Eu o esperava, meu caro amigo – disse Lupin, sempre de bom humor.

Eles saíram. Mal haviam desaparecido no ângulo do corredor, dois homens entraram na cela e começaram a examiná-la minuciosamente. Um era o inspetor Dieuzy, o outro, o inspetor Folenfant.

Queriam resolver a questão. Não havia dúvida alguma: Arsène Lupin mantinha contatos com o exterior e se comunicava com seus comparsas. Ainda na véspera, *Le Grand Journal* publicava estas linhas endereçadas a seu colaborador judiciário:

Senhor,
Num artigo publicado há poucos dias, o senhor se expressou a meu respeito em termos que nada poderia justificar. Alguns dias antes da abertura do meu processo, irei pedir-lhe satisfações.
Saudações cordiais,

Arsène Lupin.

A escrita era claramente de Arsène Lupin. Logo, ele enviava cartas. Logo, as recebia. Logo, era certo que preparava a fuga por ele anunciada de forma tão arrogante.

A situação se tornava intolerável. Em concordância com o juiz de instrução, o próprio chefe da Polícia, sr. Dudouis, foi até a Santé para expor ao diretor da prisão as medidas que convinha tomar. E, assim que chegou, enviou dois homens à cela do detento.

Eles levantaram as lajes do piso, desmontaram o leito, fizeram tudo que é habitual fazer em casos semelhantes, e nada descobriram. Iam desistir das investigações quando chegou o guarda, apressado, e lhes disse:

– A gaveta... olhem a gaveta da mesa. Quando entrei, me pareceu que ele a fechava.

Eles olharam, e Dieuzy exclamou:

– Por Deus, desta vez o pegamos!

Folenfant o deteve.

– Alto lá, meu caro, o chefe fará o inventário.

– Mas esse charuto de luxo...

– Deixe o havana e vamos avisar o chefe.

Dois minutos depois, o sr. Dudouis explorava a gaveta. Ali encontrou primeiro um maço de artigos de jornais recortados do *Argus de la Presse* e que falavam de Arsène Lupin, também uma bolsa de tabaco, um cachimbo, folhas de papel fino e transparente, e por fim dois livros.

Ele olhou o título. Era o *Culto dos heróis*, de Carlyle, edição inglesa, e um encantador elzevir*, com encadernação da época, o *Manual de Epicteto*, tradução alemã publicada em Leyde em 1634. Tendo-os folheado, notou que todas as páginas estavam marcadas, sublinhadas, anotadas. Seriam sinais convencionais ou simples marcas que mostram o fervor que se tem por um livro?

---

* Livro confeccionado pela família Elzevir, formada por impressores, editores e livreiros holandeses dos séculos XVI e XVII, e cujo nome passou a designar livros graficamente semelhantes. (N.T.)

– Veremos isso mais tarde – disse o sr. Dudouis.

Ele examinou a bolsa de tabaco, o cachimbo. Depois, pegando o famoso charuto com selo dourado:

– Caramba! Nosso amigo se trata bem – exclamou. – Um Henri Clay!*

Com um gesto maquinal de fumante, levou-o até junto da orelha para fazê-lo estalar. E imediatamente soltou uma exclamação. O charuto amolecera sob a pressão de seus dedos. Examinou-o com mais atenção e não tardou a distinguir alguma coisa branca entre as folhas de tabaco. Delicadamente, com o auxílio de uma pinça, extraiu um rolo de papel muito fino, do tamanho de um palito de dente. Era um bilhete. Desenrolou-o e leu estas palavras, escritas com uma letra miúda de mulher:

A gaiola tomou o lugar da outra. Das dez, oito estão preparadas. Pressionando com o pé, a placa se move de cima para baixo. Das doze às dezesseis horas todos os dias. H.-P. esperará. Mas onde? Resposta imediata. Fique tranquilo, sua amiga zela por você.

O sr. Dudouis refletiu um instante e disse:

– É suficientemente claro... a gaiola... os oito compartimentos... Das doze às dezesseis, isto é, do meio-dia às quatro da tarde...

– E esse H-P que esperará?

– H-P deve significar automóvel, *Horse Power*, não é assim que em linguagem esportiva designam a força de um motor? Um 24 H-P é um automóvel de 24 cavalos-força.

Levantou-se e perguntou:

– O detento terminava de almoçar?

– Sim.

---

* Marca de charuto com o nome de um famoso estadista americano do século XIX. (N.T.)

— E, não tendo lido ainda a mensagem, como o prova o estado do charuto, é provável que tivesse acabado de recebê-la.

— De que maneira?

— Nos alimentos, no meio do pão ou de uma batata, sei lá.

— Impossível, só autorizamos fazer vir de fora sua comida para pegá-lo na armadilha, e não encontramos nada.

— Esta noite veremos a resposta de Lupin. Por ora, retenham-no fora da cela. Vou levar isto ao juiz de instrução. Se ele concordar comigo, imediatamente faremos fotografar a carta e dentro de uma hora vocês poderão colocar na gaveta, além desses objetos, um charuto idêntico, contendo a própria mensagem original. É preciso que o detento não suspeite de nada.

Não foi sem certa curiosidade que o sr. Dudouis retornou ao anoitecer ao escritório do presídio em companhia do inspetor Dieuzy. Num canto, em cima de um fogão, havia três pratos.

— Ele comeu?

— Sim — respondeu o diretor.

— Dieuzy, corte em fatias bem finas essas tiras de macarrão e abra esta almôndega... Nada?

— Nada, chefe.

O sr. Dudouis examinou os pratos, o garfo, a colher, por fim a faca, uma faca regulamentar com lâmina cega. Girou o cabo à esquerda e à direita. À direita o cabo cedeu e soltou-se. A faca era oca e servia de estojo a uma folha de papel.

— Puxa! Não é muito esperto para um homem como Arsène. Mas não percamos tempo. Você, Dieuzy, vá fazer um inquérito nesse restaurante.

Depois ele leu:

Confio em você, H-P seguirá de longe, cada dia. Irei em frente. Até breve, querida e admirável amiga.

— Enfim — exclamou o sr. Dudouis esfregando as mãos —, acho que estamos na pista certa. Mais um empurrãozinho da nossa parte e a fuga se efetua... o suficiente, ao menos, para que possamos pegar os cúmplices.

— E se Arsène Lupin lhe escapar entre os dedos? — objetou o diretor.

— Empregaremos o número de homens necessários. Se ele agir com habilidade demais... tanto pior para ele! Quanto ao bando, se o chefe se recusa a falar, os outros falarão.

E, de fato, Arsène Lupin não falava muito. Havia meses que o juiz de instrução, sr. Jules Bouvier, se esforçava em vão. Os interrogatórios se reduziam a colóquios desprovidos de interesse entre o juiz e o advogado Danval, um dos mestres da advocacia, que aliás sabia tanto sobre o acusado quanto sobre qualquer um.

De vez em quando, por polidez, Arsène Lupin soltava uma frase:

— Mas sim, sr. juiz, estamos de acordo, o roubo do Crédit Lyonnais, o roubo da Rue de Babylone, a emissão de notas falsas, o caso das apólices de seguro, o assalto aos castelos de Armesnil, Gouret, Imblevain, Groselliers, Malaquis, tudo é obra deste seu servidor.

— Então poderia me explicar...

— Inútil, confesso tudo em bloco, tudo, e até mesmo dez vezes mais do que supõe...

Exausto, o juiz suspendera esses interrogatórios fastidiosos. Mas, ao tomar conhecimento dos dois bilhetes interceptados, os retomou. E regularmente, ao meio-dia, Arsène Lupin foi levado da Santé à sede da Polícia judiciária, no veículo penitenciário, com certo número de detentos. Eles voltavam por volta das três ou quatro da tarde.

Um dia esse retorno aconteceu em condições particulares. Como os outros detentos da Santé ainda não haviam sido interrogados, decidiu-se reconduzir primeiro Arsène Lupin. Assim ele subiu sozinho no veículo.

Esses veículos penitenciários, vulgarmente chamados de "gaiolas", são divididos, no seu comprimento, por um corredor central onde se abrem dez compartimentos: cinco à direita e cinco à esquerda. Cada um deles é feito de tal maneira que se é obrigado a ficar sentado, e os prisioneiros, além de disporem apenas de um lugar muito exíguo, são separados uns dos outros por divisórias paralelas. Um guarda municipal, plantado na extremidade, vigia o corredor.

Arsène foi introduzido na terceira cela à direita, e o pesado veículo se pôs em marcha. Ele percebeu que deixavam o Quai de l'Horloge e passavam diante do palácio da Justiça. Na metade da ponte Saint-Michel, apoiou o pé direito, como fazia sempre, na placa de metal que fechava seu compartimento. Imediatamente alguma coisa foi acionada, a placa de metal se afastou imperceptivelmente e ele pôde constatar que estava entre as duas rodas.

Esperou, de olhos à espreita. O veículo subia lentamente o Boulevard Saint-Michel e parou no cruzamento com o Boulevard Saint-Germain. O cavalo que puxava outro veículo havia caído. Com o trânsito interrompido, logo se formou um engarrafamento de fiacres e de ônibus.

Arsène pôs a cabeça na abertura. Outro veículo penitenciário estacionou ao lado daquele que o conduzia. Ele se esgueirou ainda mais e, apoiando o pé num dos raios da roda, saltou para fora.

Um cocheiro o viu, deu uma risada e quis alertar. Mas sua voz se perdeu no ruído dos veículos que se movimentavam de novo. E Arsène Lupin já estava longe.

Ele deu alguns passos, correndo, mas pouco mais adiante se virou, lançou um olhar ao redor, indeciso, como quem ainda não sabe que direção vai tomar. Depois, decidido, pôs as mãos nos bolsos e, com o ar despreocupado de quem passeia à toa, continuou subindo pelo bulevar.

O clima era agradável, um clima alegre e suave de outono. Os cafés estavam repletos. Ele sentou-se no terraço de um deles.

Pediu um copo de cerveja e um maço de cigarros. Esvaziou o copo em pequenos goles, fumou tranquilamente um cigarro, acendeu um segundo. Por fim levantou-se, pediu ao garçom que fosse chamar o gerente.

O gerente veio, e Arsène Lupin disse a ele, bem alto para ser ouvido por todos:

– Sinto muito, senhor. Esqueci a carteira. Talvez meu nome lhe seja bastante conhecido para que me consinta um crédito de alguns dias: Arsène Lupin.

O gerente o olhou, pensando tratar-se de um gracejo. Mas Arsène repetiu:

– Lupin, detento na Santé, atualmente um fugitivo. Imagino que esse nome lhe inspire a maior confiança.

E se afastou em meio a risadas, sem que o outro pensasse em reclamar.

Atravessou a Rue Soufflot em diagonal e tomou a Rue Saint-Jacques. Seguiu por ela pacificamente, parando nas vitrines e fumando cigarros. No Boulevard Port-Royal procurou se orientar, pediu informação e caminhou direto para a Rue de la Santé. Os altos muros sombrios da prisão logo apareceram. Caminhando ao longo deles, aproximou-se do guarda de sentinela na entrada e, retirando o chapéu, falou:

– É aqui a prisão da Santé?

– Sim.

– Eu gostaria de voltar à minha cela. O carro me deixou no meio do caminho e não desejo abusar...

O guarda rosnou:

– Vamos, saia, siga seu caminho e depressa!

– Perdão, mas é que meu caminho passa por essa porta. E impedir Arsène Lupin de atravessá-la pode lhe custar caro, meu amigo!

– Arsène Lupin! Está querendo brincar comigo?

– Lamento não estar com minha identidade – disse Arsène, fingindo examinar os bolsos.

O guarda o mediu dos pés à cabeça, atordoado. E, sem dizer uma palavra, como a contragosto, acionou uma campainha. A porta de ferro se entreabriu.

Alguns minutos depois, o diretor chegava ao escritório, gesticulando e fingindo uma cólera violenta. Arsène sorriu:

– Vamos, sr. diretor, não queira trapacear comigo. Então tiveram a precaução de me reconduzir sozinho no veículo, prepararam um pequeno engarrafamento e imaginaram que eu sairia correndo para encontrar meus amigos! E os vinte agentes da polícia que nos escoltavam a pé, em fiacre ou de bicicleta? O que teriam feito de mim? Eu não sairia vivo dessa. Diga, sr. diretor, era isso que esperavam?

Alçando os ombros, continuou:

– Eu lhe rogo, sr. diretor, não se preocupem comigo. No dia em que eu quiser escapar, não terei necessidade de ninguém.

Dois dias depois, o *Echo de France*, que decididamente se tornava o órgão oficial das façanhas de Arsène Lupin – diziam até que seria um de seus principais patrocinadores –, publicava os detalhes mais completos dessa tentativa de fuga. Inclusive os bilhetes trocados entre o detento e sua misteriosa amiga, os meios empregados para essa correspondência, a cumplicidade da polícia, o passeio pelo Boulevard Saint-Michel, o incidente no café Soufflot, tudo foi revelado. Sabia-se que as buscas do inspetor Dieuzy junto aos garçons de restaurante não deram resultado algum. E ficou-se sabendo, além do mais, deste fato assombroso, que mostrava a infinita variedade dos recursos de que esse homem dispunha: o veículo penitenciário no qual o transportaram era um veículo inteiramente modificado, que o bando substituíra a um dos seis veículos habituais que fazem o serviço das prisões.

Ninguém mais duvidava da próxima fuga de Arsène Lupin. Ele mesmo, aliás, a anunciava em termos categóricos, como o provou sua resposta ao sr. Bouvier, um dia depois do incidente. Quando o juiz zombou do seu fracasso, ele o olhou e disse friamente:

– Escute bem isto, senhor, e acredite na minha palavra: essa tentativa de fuga fazia parte do meu plano de fuga.

– Não compreendo – riu o juiz.

– É inútil que o senhor compreenda.

E como o juiz, ao longo desse interrogatório que saiu publicado nas colunas do *Echo de France*, insistia em voltar à instrução do seu processo, ele exclamou, num tom de lassidão:

– Para quê, meu Deus? Todas essas perguntas não têm importância alguma.

– Como não têm importância alguma?

– É que não assistirei ao meu julgamento.

– Você não assistirá...

– Não. É uma ideia fixa, uma decisão irrevogável. Nada me fará transigir.

Essa segurança, e as indiscrições inexplicáveis cometidas diariamente, irritavam e desconcertavam a Justiça. Havia aí segredos que Arsène Lupin era o único a conhecer e cuja divulgação, portanto, só podia provir dele. Mas com que finalidade os revelava? E de que maneira?

Mudaram Arsène Lupin de cela. Uma noite ele foi levado ao andar inferior. O juiz, por sua vez, encerrou sua instrução e remeteu o processo à câmara de acusações.

Seguiu-se um silêncio que durou dois meses. Arsène os passou estendido no leito, o rosto quase sempre virado para a parede. Essa mudança de cela parecia tê-lo abatido. Ele recusou-se a receber seu advogado. Mal trocava algumas palavras com os guardas.

Na quinzena que precedeu seu julgamento, pareceu reanimar-se. Queixou-se de falta de ar. Fizeram-no sair ao pátio, de manhã bem cedo, flanqueado de dois homens.

A curiosidade pública, no entanto, não diminuíra. Todo dia era esperada a notícia da sua fuga. Quase a desejavam, tamanha a simpatia da multidão pelo personagem, por sua verve, sua alegria, sua diversidade, seu gênio inventivo e o mistério da sua vida. Arsène Lupin devia fugir. Era inevitável, fatal. As pessoas se espantavam mesmo de que demorasse tanto. Todas as manhãs, o delegado de polícia perguntava a seu secretário:

– E aí, ele ainda não partiu?
– Não, sr. delegado.
– Então será amanhã.

Na véspera do julgamento, um senhor se apresentou na redação do *Grand Journal*, mandou chamar o colunista judiciário, lançou-lhe ao rosto um cartão e se retirou rapidamente. No cartão estavam escritas estas palavras:

Arsène Lupin sempre cumpre suas promessas.

Foi nessas condições que teve início o julgamento.

A afluência foi enorme. Não havia quem não quisesse ver o famoso Arsène Lupin e não saboreasse de antemão a maneira como troçaria do juiz. Advogados e magistrados, cronistas, artistas, homens e mulheres da alta sociedade, a elite de Paris se comprimiu nos bancos do tribunal.

Chovia, lá fora o dia estava escuro, mal se viu Arsène Lupin quando os guardas o introduziram. E sua atitude pesada, a maneira como se deixou cair no assento, sua imobilidade indiferente e passiva não pareceram contar a seu favor. Várias vezes seu advogado – um dos secretários de Danval, que julgou indigno dele o papel a que fora reduzido – lhe dirigiu a palavra. Ele balançava a cabeça e se calava.

O escrivão leu a ata de acusação, depois o juiz pronunciou:

– Acusado, levante-se. Seu nome, sobrenome, idade e profissão!

Não obtendo resposta, repetiu:

– Seu nome! Estou perguntando seu nome.

Uma voz grossa e fatigada articulou:

– Baudru, Désiré.

Houve murmúrios. Mas o juiz continuou:

– Baudru, Désiré? Ah! Sei, mais um avatar! Como é o oitavo nome que afirma ter, certamente tão imaginário quanto os outros, vamos chamá-lo, se concordar, de Arsène Lupin, sob o qual é mais comumente conhecido.

O juiz consultou suas anotações e prosseguiu:

– Pois, apesar de todas as pesquisas, foi impossível reconstituir sua identidade. O senhor apresenta o caso, bastante original em nossa sociedade moderna, de não ter passado algum. Não sabemos quem é, de onde vem, onde passou a infância, em suma, nada. Surgiu de repente há três anos, não se sabe exatamente de que meio, para se revelar como Arsène Lupin, um mistura extravagante de inteligência e de perversão, de imoralidade e de generosidade. Os dados que temos a seu respeito antes dessa época são suposições. É provável que o chamado Rostat, que há oito anos trabalhou ao lado do prestidigitador Dickson, não fosse outro senão Arsène Lupin. É provável que o estudante russo que frequentou há seis anos o laboratório do dr. Altier, no hospital Saint-Louis, e que várias vezes surpreendeu o mestre pela engenhosidade de suas hipóteses em bacteriologia e pela ousadia de suas experiências nas doenças da pele, não fosse outro senão Arsène Lupin. Arsène Lupin, igualmente, o professor de luta japonesa que se estabeleceu em Paris bem antes de que se falasse de jiu-jítsu. Arsène Lupin, acreditamos, o corredor ciclista que ganhou o Grande Prêmio da Exposição, embolsou seus dez mil francos e nunca mais apareceu. Arsène Lupin, talvez, o homem que também salvou várias pessoas num incêndio do Bazar da Caridade... e as roubou.

Após uma pausa, o juiz concluiu:

– Todo esse período parece ter sido apenas uma preparação minuciosa para a luta que o senhor empreendeu contra a sociedade, uma aprendizagem metódica na qual levou ao mais alto grau sua força, sua energia e sua habilidade. Reconhece a exatidão desses fatos?

Durante esse discurso, o acusado se balançava de um lado a outro, com as costas curvadas, os braços inertes. Sob uma luz mais intensa, pôde-se notar sua extrema magreza, as faces encovadas, as maçãs do rosto salientes, a tez amarelada com manchas vermelhas e uma barba desigual e rala. A prisão o envelhecera e o debilitara consideravelmente. Não se reconheciam mais o perfil elegante e o rosto jovem, simpático, cujo retrato os jornais seguidamente publicavam.

Era como se ele não tivesse ouvido a pergunta que lhe faziam. Por duas vezes ela lhe foi repetida. Então ele ergueu os olhos, pareceu refletir e, fazendo um grande esforço, murmurou:

– Baudru, Désiré.

O juiz pôs-se a rir.

– Não percebo exatamente o sistema de defesa que adotou, Arsène Lupin. Se é bancar o imbecil e o irresponsável, tem toda a liberdade. Quanto a mim, irei direto ao assunto sem me preocupar com essas fantasias.

E passou a detalhar roubos, fraudes e outras acusações feitas a Lupin. Às vezes interrogava o réu. Este emitia um grunhido ou não respondia.

O desfile das testemunhas começou. Houve vários depoimentos insignificantes, outros mais sérios, mas todos com a característica comum de se contradizerem mutuamente. Uma obscuridade perturbadora envolvia os debates, até que o inspetor Ganimard foi introduzido e o interesse se reavivou.

Desde o início, porém, o velho policial causou certa decepção. Ele parecia não intimidado – já tinha visto muita coisa no mundo –, mas inquieto, pouco à vontade. Várias vezes voltou os olhos para o acusado com uma visível preocupação. Mesmo assim, com as mãos apoiadas na barra do púlpito, narrou os incidentes nos quais se envolvera, a perseguição pela Europa, a chegada na América. E o escutavam com avidez, como se escutaria o relato das mais apaixonantes aventuras. Mas, perto do final, tendo mencionado suas conversas com Arsène Lupin, por duas vezes ele se deteve, distraído, indeciso.

Estava claro que outro pensamento o obcecava. O juiz lhe disse:

– Se não está se sentindo bem, seria melhor interromper seu testemunho.

– Não, não, é que...

Calou-se, olhou o acusado longa e profundamente, para então dizer:

– Peço a autorização de examinar mais de perto o acusado, há um mistério que preciso esclarecer.

Aproximou-se, olhou-o de maneira mais longa ainda, com toda a atenção concentrada. Depois retornou ao púlpito e ali, num tom um pouco solene, pronunciou:

– Sr. juiz, afirmo que o homem que está aqui, diante de mim, não é Arsène Lupin.

Um grande silêncio acolheu essas palavras. O juiz, confuso, primeiro exclamou:

– O que está dizendo? Está louco?

O inspetor afirmou pausadamente:

– À primeira vista, é possível deixar-se enganar por uma semelhança, que existe de fato, admito. Mas basta uma segunda atenção para ver que o nariz, a boca, os cabelos, a cor da pele, enfim... que não se trata de Arsène Lupin. E os olhos então! Ele nunca teve esses olhos de alcoólatra!

– Vamos, explique-se melhor. O que está afirmando, testemunha?

– E eu sei lá? Ele deve ter posto em seu lugar um pobre diabo que irão condenar. A menos que seja um cúmplice.

Gritos, risadas, exclamações partiram de todos os lados, na sala agitada por esse lance teatral inesperado. O juiz mandou convocar o juiz de instrução, o diretor do presídio, os guardas, e suspendeu a audiência.

Na reabertura, o sr. Bouvier e o diretor, colocados em presença do acusado, declararam haver entre Arsène Lupin e aquele homem apenas uma vaga semelhança de traços.

– Mas então – exclamou o juiz – quem é esse homem? De onde vem? Como se encontra nas mãos da justiça?

Foram introduzidos os dois guardas da Santé. Contradição espantosa: eles reconheceram o detento de cuja vigilância eram alternadamente encarregados.

O juiz respirou.

Mas um dos guardas acrescentou:

– Sim, sim, acredito que é realmente ele.

– Como assim acredita?

– Ora, eu mal o vi. Ele me foi entregue à noite, e durante dois meses ficou sempre deitado contra a parede.

– Mas antes desses dois meses?

– Ah! Antes ele não ocupava a cela 24.

O diretor da prisão esclareceu esse ponto:

– Mudamos o detento de cela após sua tentativa de fuga.

– Mas não chegou a vê-lo nesses dois meses, sr. diretor?

– Não tive a ocasião de vê-lo... Ele se mantinha tranquilo.

– E esse homem não é o detento que lhe foi entregue?

– Não.

– Então quem é ele?

– Eu não saberia dizer.

– Assim estamos diante de uma substituição que teria sido efetuada há dois meses. Como explica isso?

– É impossível.

– Então?

Em desespero de causa, o juiz se voltou para o acusado e, com uma voz insinuante:

– Vejamos, acusado, poderia me explicar como e desde quando se encontra nas mãos da Justiça?

Parece que esse tom benevolente desarmou a desconfiança ou estimulou o entendimento do homem. Ele tentou responder. Por fim, interrogado com habilidade e brandura, conseguiu juntar algumas frases das quais se compreendeu o seguinte: dois meses atrás, ele fora levado à prisão provisória da Polícia Judiciária. Lá passara uma noite e uma manhã. De posse de apenas 75 centavos, fora solto. Mas, quando atravessava o pátio, dois guardas o pegaram pelo braço e o conduziram até o veículo penitenciário. Desde então ele vivia na cela 24, não se sentindo infeliz... ali se come bem... não se dorme mal... Assim, não havia protestado...

Tudo isso parecia verossímil. Em meio a risadas e a uma grande efervescência, o juiz pediu um inquérito suplementar e adiou o caso para outra sessão.

O inquérito logo estabeleceu este fato consignado no registro de presos: oito semanas antes, um homem chamado Baudru Désiré havia passado a noite na prisão provisória. Libertado no dia seguinte, deixou a prisão às duas da tarde. Ora, nesse dia, no mesmo horário, interrogado pela última vez, Arsène Lupin saía da instrução e era reconduzido no veículo penitenciário.

Haviam os guardas cometido um erro? Enganados pela semelhança, haviam substituído, num minuto de desatenção, o prisioneiro por esse homem? Isso teria indicado uma complacência que seus atestados de serviços não permitiam supor.

A substituição fora combinada de antemão? Nesse caso, além da disposição dos locais tornar a coisa quase irrealizável, teria sido necessário que Baudru fosse um cúmplice e se tivesse feito prender com a precisa finalidade de tomar o lugar de Arsène Lupin. Mas então por que milagre esse plano, apoiado unicamente numa série de acasos improváveis, de encontros fortuitos e de erros fabulosos, dera certo?

Désiré Baudru foi submetido ao serviço antropométrico: lá não havia ficha correspondendo à sua descrição. Mas seu histórico foi facilmente reconstituído. Era conhecido em Courbevoie, em Asnières, em Levallois. Vivia de esmolas e dormia num desses barracos de papeleiros que se amontoam nos arredores da cidade, em Ternes. De um ano para cá, no entanto, havia sumido.

Fora contratado por Arsène Lupin? Nada autorizava supor. E, mesmo que o tivesse sido, não se saberia mais sobre a fuga do prisioneiro. O prodígio continuava o mesmo. Das vinte hipóteses que tentavam explicá-lo, nenhuma era satisfatória. Somente a evasão não deixava dúvida, e uma evasão incompreensível, impressionante, na qual o público, assim como a Justiça, percebia o esforço de uma longa preparação, um conjunto de atos maravilhosamente encaixados uns nos outros e cujo desfecho justificava a orgulhosa predição de Arsène Lupin: "Não assistirei ao meu julgamento".

Ao cabo de um mês de investigações minuciosas, o enigma se apresentava com o mesmo caráter indecifrável. Mas não se podia conservar indefinidamente esse pobre-diabo do Baudru na prisão. O julgamento teria sido ridículo: que acusações havia contra ele? Sua soltura foi assinada pelo juiz de instrução. Mas o chefe da Polícia Judiciária resolveu estabelecer em torno dele uma vigilância ativa.

A ideia proveio de Ganimard. Para ele não havia cumplicidade nem acaso. Baudru era um instrumento que Arsène Lupin utilizara com sua extraordinária habilidade. Posto em liberdade, através dele se chegaria a Arsène Lupin ou pelo menos a alguém do seu bando.

Os inspetores Dieuzy e Folenfant foram destacados para auxiliar Ganimard e, numa manhã brumosa de janeiro, as portas da prisão se abriram para Baudru Désiré.

De início ele pareceu confuso e caminhou como um homem que não tem ideia precisa do que fazer. Seguiu pela Rue de la Santé e pela Rue Saint-Jacques. Diante de uma loja de roupas usadas, tirou o casaco e o colete, vendeu o colete em troca de alguns vinténs e, tornando a vestir o casaco, prosseguiu.

Atravessou o Sena. Na estação do Châtelet quis subir num ônibus. Não havia lugar. Tendo o fiscal o aconselhado a comprar um bilhete, entrou na sala de espera.

Nesse momento Ganimard chamou para perto de si seus dois auxiliares e, sem perder de vista a sala da estação, lhes disse, apressado:

– Peguem um carro de aluguel... não, dois, é mais garantido. Irei com um de vocês, e nós o seguiremos.

Os homens obedeceram. Baudru, no entanto, não aparecia. Ganimard entrou na estação: não havia ninguém na sala.

– Como sou idiota! – murmurou. – Esqueci a segunda saída.

De fato, a sala se comunicava, por um corredor interno, com a Rue Saint-Martin. Ganimard se lançou nessa direção. Chegou a tempo de avistar Baudru embarcando na linha Batignolles-Jardin des plantes, na esquina da Rue du Rivoli. Correu e alcançou o ônibus. Mas havia perdido seus dois agentes. Era o único a continuar a perseguição.

Em sua fúria, esteve a ponto de pegar o sujeito pela gola, sem mais formalidades. Não era com premeditação e por uma engenhosa astúcia que esse suposto imbecil o separara de seus auxiliares?

Ele olhou Baudru, que cochilava no seu banco, cabeceando. Com a boca meio entreaberta, seu rosto tinha uma incrível expressão de estupidez. Não, esse não era um adversário capaz de ludibriar o velho Ganimard. O acaso o ajudara, eis tudo.

Na esquina das Galerias Lafayette, o homem saltou do ônibus e pegou um bonde. O caminho seguia pelo Boulevard Haussmann, pela Avenue Victor-Hugo. Baudru só desceu na estação de la Mouette. E, com um passo indolente, adentrou o parque Bois de Boulogne.

Ia de uma aleia a outra, retrocedia, se afastava. O que estava procurando? Tinha um objetivo?

Depois de uma hora desses movimentos, pareceu exausto e, avistando um banco, sentou-se. O lugar, não distante de Auteuil, à beira de um pequeno lago escondido entre as árvores, estava completamente deserto. Meia hora se passou. Impaciente, Ganimard resolveu puxar conversa.

Assim, aproximou-se e sentou-se ao lado de Baudru. Acendeu um cigarro, traçou círculos na areia com a ponta da bengala e disse:

– Está um pouco frio.

Silêncio. E de repente, nesse silêncio, irrompe uma gargalhada, mas uma gargalhada jovial, alegre, o riso de uma criança louca de vontade de rir e que não consegue conter o riso. Ganimard sentiu nitidamente, de maneira real, os pelos se arrepiarem no couro cabeludo. Ele conhecia muito bem esse riso, essa gargalhada infernal!

Com um gesto brusco, agarrou o homem pelas abas do casaco e o olhou profundamente, com violência, mais ainda do que o fizera no tribunal, e constatou que não era mais o homem que ele vira. Era o homem, mas era ao mesmo tempo o outro, o verdadeiro.

Ajudado por uma vontade cúmplice, reconheceu a vida ardente dos olhos, completou a máscara emagrecida, percebeu a carne real sob a epiderme deteriorada, a boca real através do ríctus que a deformava. E eram os olhos do outro, a boca do outro, era sobretudo sua expressão penetrante, vivaz, zombadora, espirituosa, tão clara e tão jovem!

– Arsène Lupin, Arsène Lupin – ele balbuciou.

E subitamente, num acesso de raiva, pegando-o pelo pescoço, tentou derrubá-lo. Apesar dos seus cinquenta anos, tinha ainda um vigor pouco comum, enquanto o adversário parecia em más condições. Além do mais, que golpe de mestre se conseguisse prendê-lo de novo!

A luta foi curta. Arsène Lupin mal se defendeu e, tão prontamente quanto havia atacado, Ganimard se entregou. Seu braço direito pendia, inerte, adormecido.

– Se ensinassem o jiu-jítsu no Quai des Orfèvres – declarou Lupin –, saberia que esse golpe se chama *udi-shi-ghi* em japonês.

E acrescentou com frieza:

– Um segundo mais e eu lhe teria quebrado o braço, e você teria tido apenas o que merece. Como é que um velho amigo que estimo, diante de quem revelo espontaneamente meus segredos, abusa da minha confiança? Mal, mal... Mas o que está acontecendo, que há com você?

Ganimard continuava calado. Essa fuga pela qual se julgava o responsável – não fora ele que, por seu depoimento sensacionalista, induzira a Justiça ao erro? –, essa fuga lhe parecia a vergonha da sua carreira. Uma lágrima rolou sobre o seu bigode grisalho.

– Oh, meu Deus! Não se incomode, Ganimard: se não tivesse falado, eu teria dado um jeito para que outro falasse. Vamos, eu podia admitir que condenassem Baudru Désiré?

– Então – murmurou Ganimard – era você que estava lá e é você que está aqui?

– Eu, sempre eu, unicamente eu.

– Como é possível?

– Ah! Não é necessário ser feiticeiro. Basta, como disse nosso bravo juiz, preparar-se durante uma dezena de anos para enfrentar todas as eventualidades.

– Mas seu rosto, seus olhos?

– Compreenda que, se trabalhei dezoito meses no hospital Saint-Louis com o dr. Altier, não foi por amor à arte. Pensei que aquele que teria um dia a honra de chamar-se Arsène Lupin devia se subtrair às leis ordinárias da aparência e da identidade. A aparência? Pode-se modificá-la à vontade. Uma injeção hipodérmica de parafina nos incha a pele, bem no lugar escolhido. O ácido pirogálico nos faz parecer um índio moicano. O suco de quelidônio produz no rosto efeitos semelhantes a dermatoses e tumores. Tal procedimento químico age sobre a raiz da barba e dos cabelos, outro sobre o som da voz. Junte a isso dois meses de dieta na cela nº 24, exercícios mil vezes repetidos para abrir a boca, inclinar a cabeça e curvar as costas de determinada maneira. Enfim, cinco gotas de atropina nos olhos para torná-los esgazeados e esquivos, e o trabalho está feito.

– Não entendo que os guardas...

– A metamorfose foi progressiva. Eles não puderam observar a evolução cotidiana.

– E Baudru Désiré?

– Baudru existe. É um pobre inocente que conheci no ano passado e que realmente não deixa de ter certa analogia de traços comigo. Prevendo uma detenção sempre possível, coloquei-o em segurança e busquei discernir logo de início os pontos de dessemelhança que nos separavam, para atenuá-los em mim tanto quanto possível. Meus amigos o fizeram passar uma noite na prisão provisória, de maneira que ele saísse de lá mais ou menos na mesma hora que eu, e que a coincidência fosse fácil de constatar. Pois, repare, era preciso que encontrassem o traço de sua passagem, sem o que a Justiça teria se perguntado quem eu era. Ao passo que, oferecendo-lhe esse excelente Baudru, era inevitável, você percebe, inevitável que ela saltasse em cima dele e que, apesar das dificuldades insuperáveis de uma substituição, preferisse crer na substituição em vez de confessar sua ignorância.

– Sim, sim, de fato – murmurou Ganimard.

– Além disso – exclamou Arsène Lupin –, eu tinha nas mãos um trunfo formidável, uma carta maquinada por mim desde o início: a expectativa que todos tinham da minha evasão. E o erro grosseiro que vocês cometeram, você e os demais, nessa competição apaixonante entre mim e a Justiça na qual estava em jogo minha liberdade, vocês supuseram mais uma vez que eu agia por fanfarronada, que estava entusiasmado por meus êxitos como um jovem inexperiente. Eu, Arsène Lupin, cometer tal fraqueza! E, do mesmo modo que no caso Cahorn, você não se disse: "A partir do momento em que Arsène Lupin anuncia aos quatro ventos que fugirá, é que ele tem razões que o obrigam a anunciar". Mas, com os diabos, compreenda que, para fugir... sem fugir, era preciso que acreditassem antecipadamente nessa fuga, que ela fosse um artigo de fé, uma convicção absoluta, uma verdade evidente como o sol! E foi o que aconteceu, por minha vontade. Arsène Lupin fugiria, Arsène Lupin não assistiria ao seu julgamento. E quando você se levantou para dizer: "Este homem não é Arsène Lupin", teria sido estranho alguém acreditar imediatamente no contrário. Se uma única pessoa duvidasse, se uma só emitisse esta simples restrição: "E se for Arsène Lupin?", na mesma hora eu estaria perdido. Bastaria se inclinarem sobre mim, não com a ideia de que eu não era Arsène Lupin, como você fez, mas com a ideia de que eu podia ser Arsène Lupin, e me reconheceriam apesar de todas as minhas precauções. Mas eu estava tranquilo. Logicamente, psicologicamente, ninguém podia ter essa simples pequena ideia.

Ele pegou a mão de Ganimard.

– Vamos, Ganimard, confesse que oito dias após nossa conversa na prisão da Santé você me esperou às quatro da tarde, em sua casa, conforme lhe pedi.

– E seu veículo penitenciário? – disse Ganimard, evitando responder.

– Blefe! Foram meus amigos que restauraram e modificaram esse antigo veículo fora de uso, tentando dar o golpe. Teria sido impossível sem essas circunstâncias excepcionais. Só que achei útil levar a cabo essa tentativa de fuga e lhe dar a maior publicidade. Uma primeira fuga audaciosamente arranjada dava à segunda o valor de uma fuga realizada com antecedência.

– De modo que o charuto...

– Preparado por mim, assim como a faca.

– E os bilhetes?

– Escritos por mim.

– E a misteriosa correspondente?

– Ela e eu somos um só. Tenho todas as caligrafias que quiser.

Ganimard refletiu um instante e objetou:

– Como é possível que no serviço antropométrico, quando pegaram a ficha de Baudru, não tenham percebido que ela coincidia com a de Arsène Lupin?

– A ficha de Arsène Lupin não existe.

– Ora, vamos!

– Ou pelo menos é falsa. É uma questão que estudei muito. O sistema Bertillon comporta primeiro a descrição visual, e você está vendo que ela não é infalível; a seguir, a descrição por medidas, da cabeça, dos dedos, das orelhas etc.

– E então?

– Então foi preciso pagar. Antes mesmo do meu retorno da América, um dos empregados do serviço aceitou uma quantia em troca de inscrever uma falsa medida no início da minha mensuração. É o suficiente para que haja um desvio em todo o sistema e uma ficha se oriente no sentido de dados diametralmente opostos àqueles a que devia chegar. Assim a ficha de Baudru não devia coincidir com a de Arsène Lupin.

Houve mais um silêncio, depois Ganimard perguntou:

– E agora, o que vai fazer?

– Agora – exclamou Lupin – descansar, fazer um regime de engorda e aos poucos voltar a ser eu. É muito bom ser Baudru ou algum outro, mudar de personalidade como se muda de camisa, e escolher a aparência, a voz, o olhar, a escrita. Mas a gente acaba por não se reconhecer mais em tudo isso, e é muito triste. Atualmente, sinto o que deve ter sentido o homem que perdeu sua sombra. Vou me procurar... e me reencontrar.

Deu uns passos para lá e para cá. Um começo de obscuridade se infiltrava na luz do dia. Deteve-se diante de Ganimard.

– Acho que nada mais temos a nos dizer, não é?

– Eu gostaria ainda de saber – respondeu o inspetor – se revelará a verdade sobre sua fuga... O erro que cometi...

– Ah, ninguém nunca saberá que Arsène Lupin é quem foi solto. Tenho o maior interesse em acumular em torno de mim as trevas mais misteriosas para não retirar dessa fuga seu caráter quase milagroso. Assim, nada tema, meu bom amigo, e adeus. Janto na cidade esta noite e só tenho o tempo de me vestir.

– Pensei que desejasse repousar.

– Infelizmente há obrigações mundanas às quais não podemos nos subtrair. O descanso começará amanhã.

– E onde vai jantar?

– Na embaixada da Inglaterra.

IV

O VIAJANTE MISTERIOSO

Na véspera, eu havia enviado meu automóvel a Rouen, pela estrada. Resolvi ir de trem e, de lá, visitar amigos que moram nas margens do Sena.

Porém em Paris, poucos minutos antes da partida, sete senhores invadiram meu compartimento; cinco deles fumavam. Por mais curto que fosse o trajeto, a perspectiva de percorrê-lo em tal companhia me foi desagradável, ainda mais que o vagão, de modelo antigo, não tinha corredor. Peguei então minha capa, meus jornais, meu guia de viagem, e me refugiei num dos compartimentos vizinhos.

Uma dama estava ali. Ao me ver, ela fez um gesto de contrariedade que não me escapou, e inclinou-se para um senhor no lado de fora, na plataforma, certamente o marido que a acompanhara à estação. O homem me observou e provavelmente concluiu o exame a meu favor, pois falou em voz baixa à mulher, sorrindo, com o ar de quem tranquiliza uma criança amedrontada. Ela então sorriu e me dirigiu um olhar amistoso, como se compreendesse que eu era um desses homens bem-educados com quem uma mulher pode ficar encerrada durante duas horas, num cubículo de três metros quadrados, sem nada temer.

O marido lhe disse:

– Não me leve a mal, querida, mas tenho um encontro urgente, não posso esperar.

Ele a beijou afetuosamente e partiu. A mulher lhe mandou pela janela beijinhos discretos e agitou o lenço.

Logo um apito soou e o trem se pôs em marcha.

Nesse momento preciso, e apesar dos protestos dos funcionários, a porta se abriu e um homem entrou no nosso compartimento. Minha companheira, que estava então de pé e arrumava suas coisas no guarda-volumes, deu um grito de terror e caiu sobre o banco.

Não sou covarde, longe disso, mas confesso que essas invasões de última hora são sempre desagradáveis. Parecem equívocas, pouco naturais. Como se ocultassem alguma coisa, sem que se saiba o quê.

No entanto, o aspecto do recém-chegado e sua atitude atenuavam a má impressão produzida por seu ato. Correção, quase elegância, uma gravata de bom gosto, luvas limpas, um rosto enérgico... Mas, a bem da verdade, onde diabos eu vira esse rosto? Pois não havia dúvida, eu já o vira. Pelo menos, mais exatamente, reconhecia aquela espécie de lembrança deixada por um retrato várias vezes visto e cujo original nunca se contemplou. Ao mesmo tempo, era uma lembrança inconsistente e vaga, e eu sentia a inutilidade de todo esforço de memória.

Tendo voltado minha atenção para a dama, fiquei surpreso com sua palidez e seu semblante perturbado. Ela olhava o vizinho – eles estavam sentados do mesmo lado – com uma expressão de real pavor, e notei que uma de suas mãos, muito trêmula, deslizava até uma pequena bolsa de viagem pousada no banco a vinte centímetros de seus joelhos. Ela acabou por pegá-la, puxando-a com nervosismo para junto de si.

Nossos olhos se encontraram e li nos dela tanto mal-estar e tanta ansiedade que não pude deixar de lhe dizer:

– Não está passando bem, senhora?... Quer que eu abra a janela?

Sem me responder, ela me indicou com um gesto temeroso o indivíduo. Sorri como havia feito o marido, alcei os ombros e lhe expliquei por sinais que ela nada tinha a temer, que eu estava ali e que aquele senhor, aliás, parecia inofensivo.

Nesse instante ele se virou para nós, nos examinou dos pés à cabeça, um após o outro, depois se recolheu no seu canto e não se mexeu mais.

Houve um silêncio, mas a dama, como se tivesse reunido toda a sua energia para realizar um ato desesperado, me disse com uma voz quase ininteligível:

– O senhor sabe quem está no nosso trem?

– Quem?

– Ele... ele... eu lhe asseguro.

– Ele quem?

– Arsène Lupin.

Ela não tirava os olhos do viajante e foi mais a ele do que a mim que lançou as sílabas desse nome inquietante.

Ele baixou o chapéu sobre o nariz. Era para ocultar uma perturbação ou simplesmente preparava-se para dormir?

Fiz esta objeção:

– Arsène Lupin foi condenado ontem, por não comparecer ao julgamento, a vinte anos de trabalhos forçados. Portanto, é pouco provável que cometa hoje a imprudência de se mostrar em público. Além disso, não assinalaram os jornais sua presença na Turquia, neste inverno, depois da famosa fuga do presídio?

– Ele se encontra neste trem – repetiu a dama, com a intenção cada vez mais clara de ser ouvida por nosso companheiro. – Meu marido é subdiretor dos serviços penitenciários, e o próprio comissário da estação nos disse que procuravam Arsène Lupin.

– Não é uma razão para...

– Ele foi visto no saguão, comprando um bilhete de primeira classe para Rouen.

– Seria fácil pegá-lo.

– Ele desapareceu. O fiscal, na entrada da sala de espera, não o viu, mas supôs-se que tenha passado pelas plataformas dos trens da periferia e subido no expresso que parte dez minutos após o nosso.

– Nesse caso o teriam pego.

– E se no último momento ele saltou desse expresso para entrar no nosso trem... como é provável... como é certo?

– Nesse caso o pegarão aqui. Pois os funcionários e os agentes não terão deixado de ver sua passagem de um trem a outro e, quando chegarmos a Rouen, será devidamente preso.

– Ele? Nunca. Achará um meio de escapar de novo.

– Nesse caso, desejo a ele boa viagem.

– Mas, daqui até lá, o que ele pode fazer?!

– O quê?

– E eu sei lá? Tudo se pode esperar!

Ela estava muito agitada e, de fato, a situação justificava até certo ponto essa excitação nervosa.

Quase contra a vontade, eu disse a ela:

– Há realmente coincidências curiosas... Mas fique tranquila. Admitindo que Arsène Lupin esteja num desses vagões, ele se comportará com prudência e, em vez de atrair novos problemas, quererá apenas evitar o perigo que o ameaça.

Minhas palavras não a sossegaram. No entanto ela se calou, certamente por receio de ser indiscreta.

Abri então meus jornais e li os artigos que falavam do processo de Arsène Lupin. Como não continham nada que eu já não soubesse, pouco me interessaram. Além do mais, eu estava cansado, havia dormido mal, senti as pálpebras pesadas e minha cabeça se inclinou.

– Senhor, não durma!

A dama me arrancou os jornais e me olhou com indignação.

– É claro que não – respondi –, não tenho vontade alguma.

– Seria a última imprudência – ela me disse.

– A última – repeti.

E lutei energicamente, fixando-me na paisagem, nas nuvens que riscavam o céu. Em breve tudo se confundiu no espaço, a imagem da dama agitada e do senhor adormecido se apagou no meu espírito, e o grande, o profundo silêncio do sono tomou conta de mim.

Sonhos inconsistentes e leves logo surgiram, um indivíduo que fazia o papel e tinha o nome de Arsène Lupin fazia movimentos no horizonte, com as costas carregadas de objetos preciosos, atravessava paredes, retirava os móveis dos castelos.

Mas a silhueta desse indivíduo, que, aliás, não era mais Arsène Lupin, ficou mais precisa. Ele vinha em minha direção, tornava-se cada vez maior, saltava no vagão com uma incrível agilidade e caía em cheio sobre meu peito.

Uma forte dor... um grito dilacerante. Despertei. O homem, o viajante, com um joelho em cima do meu peito, me apertava a garganta.

Vi isso muito vagamente, pois meus olhos estavam injetados de sangue. Vi também a dama que se contorcia num canto, tomada de uma crise nervosa. Não tentei sequer resistir. Aliás, não teria tido forças: minhas têmporas latejavam, eu sufocava, arquejante... Mais um minuto e morreria asfixiado.

O homem deve ter percebido. Relaxou a pressão dos dedos. Sem se afastar, estendeu com a mão direita uma corda onde havia preparado um nó corredio e, com um gesto seco, me atou os dois punhos. Num instante fui amarrado, amordaçado, imobilizado.

E ele cumpriu essa tarefa da maneira mais natural do mundo, com uma facilidade na qual se revelava o saber de um mestre, de um profissional do roubo e do crime. Nenhuma palavra, nenhum movimento febril. Apenas audácia e sangue-frio. E eu estava ali, no banco, enfaixado como uma múmia, eu, Arsène Lupin!

Na verdade, havia do que rir. E não deixei de apreciar, apesar da gravidade das circunstâncias, tudo o que a situação comportava de irônico e de saboroso. Arsène Lupin logrado como um novato! Roubado por um sujeito qualquer – pois obviamente o bandido se apoderou do meu dinheiro e da minha carteira! Arsène Lupin, vítima desta vez, vencido, enganado... Que aventura!

Restava a dama. Ele não prestou a mesma atenção nela. Limitou-se a recolher a pequena bolsa que jazia no tapete e a extrair as joias, um porta-moedas, bibelôs de ouro e de prata que continha. A dama abriu um olho, estremeceu de pavor, tirou os anéis e os estendeu ao homem como se quisesse lhe poupar um esforço inútil. Ele pegou os anéis e a olhou: ela desmaiou.

Então, sempre silencioso e tranquilo, sem mais se ocupar de nós, ele voltou a seu lugar, acendeu um cigarro e se entregou a um exame detido dos tesouros conquistados, exame que pareceu satisfazê-lo inteiramente.

Já eu estava bem menos satisfeito. Não falo dos doze mil francos de que fora despojado – era um prejuízo que eu só aceitava momentaneamente, confiando que esses doze mil francos retornariam em breve à minha posse, bem como os papéis importantes guardados na minha carteira: projetos, orçamentos, endereços, listas de correspondentes, cartas comprometedoras. Mas, por ora, eu tinha uma preocupação mais imediata e mais séria: O que ia acontecer?

Como se pode supor, eu havia percebido a agitação causada por minha passagem através da estação Saint-Lazare. Convidado à casa de amigos que eu frequentava sob o nome de Guillaume Berlat, e para os quais minha semelhança com Arsène Lupin era motivo de gracejos afetuosos, não pude me disfarçar devidamente e minha presença fora notada. Além disso, viram um homem se precipitar do expresso para o trem de Rouen. Quem seria esse homem senão Arsène Lupin? Assim, fatalmente, inevitavelmente, o delegado de polícia de Rouen, prevenido por telegrama e auxiliado por um grande número de agentes, aguardaria a chegada do trem, interrogaria os viajantes suspeitos e procederia a uma revista minuciosa dos vagões.

Eu previa tudo isso, mas não estava preocupado demais, contando que a polícia de Rouen não seria mais perspicaz do que a de Paris e que eu conseguiria passar despercebido – não seria suficiente, à saída, mostrar com negligência minha carteira de deputado, graças à qual eu já inspirara toda a confiança ao fiscal de Saint-Lazare? Mas agora as coisas haviam mudado! Eu não estava mais livre. Impossível tentar um de meus golpes habituais. Num dos vagões, o delegado descobriria o sr. Arsène Lupin, que um acaso propício lhe enviava de pés e mãos atados, dócil como um cordeiro, empacotado, pronto. Ele só precisaria recolher a mercadoria, como se recebe uma encomenda enviada de trem, caixote contendo carne de caça ou cesto com frutas e legumes.

E, para evitar esse deplorável desfecho, o que eu podia fazer, enrolado em minhas ataduras?

Enquanto isso, o trem direto corria rumo a Rouen, única e próxima estação, passando por Vernon, Saint-Pierre.

Outro problema me intrigava, no qual eu era menos diretamente o interessado, mas cuja solução atiçava minha curiosidade de profissional. Quais eram as intenções do meu companheiro?

Se eu estivesse sozinho, ele teria tempo, em Rouen, de descer com a maior tranquilidade. Mas a dama? Por mais bem-comportada e humilde que estivesse neste momento, assim que a porta lateral se abrisse, ela gritaria, chamaria a atenção, pediria socorro!

Daí o meu espanto: por que ele não a reduzia à mesma impotência que eu, o que lhe daria tempo de desaparecer antes que percebessem seu duplo delito?

Ele seguia fumando, de olhos fixos na paisagem, que uma chuva hesitante começava a riscar com grandes linhas oblíquas. Num momento, porém, virou-se para dentro, pegou meu guia de viagem e o consultou. A dama continuava a fingir-se desmaiada, para tranquilizar o inimigo. Mas acessos de tosse provocados pela fumaça desmentiam esse desmaio.

Quanto a mim, não me sentia nada bem e estava extenuado. Eu pensava, tentava elaborar um plano...

Pont-de-l'Arche, Oissel... O trem direto corria, alegre, ébrio de velocidade.

Saint-Etienne... Nesse instante o homem se levantou e deu dois passos em nossa direção, ao que a dama se apressou a responder com um novo grito e um desmaio não simulado.

Mas qual era o objetivo dele? Ele baixou o vidro do nosso lado. A chuva caía agora com força, e seu gesto indicou o problema que enfrentava por não ter capa nem guarda-chuva. Pôs os olhos no guarda-volumes: a sombrinha da dama se achava ali. Ele a pegou, pegou também minha capa e a vestiu.

Atravessávamos o Sena. Ele arregaçou a barra da calça e, inclinando-se, levantou a tranca exterior da porta.

Ia jogar-se do trem? Àquela velocidade, seria morte certa. Entramos então no túnel aberto no morro Sainte-Catherine. O homem entreabriu a porta e, com o pé, tateou o primeiro degrau do estribo. Que loucura! As trevas, a fumaça, o barulho, tudo dava a essa tentativa um aspecto fantástico. Mas de repente o trem diminuiu a marcha, os freios se opuseram à aceleração das rodas. Logo o movimento voltou ao normal, diminuiu ainda mais. Certamente obras de reparo estavam sendo feitas nessa parte do túnel, o que exigia a passagem lenta dos trens, talvez de uns dias para cá, e o homem sabia disso.

Assim ele só precisou pôr o outro pé no degrau, descer até o segundo e saltar com tranquilidade, não sem antes fechar de novo a porta e a tranca.

Mal havia desaparecido, a luz clareou a fumaça. Desembocávamos num vale. Mais um túnel e estaríamos em Rouen.

Imediatamente a dama recuperou os sentidos, e sua primeira frase foi lamentar a perda das joias. Implorei a ela com os olhos. Ela compreendeu e retirou a mordaça que me sufocava. Quis também soltar minhas ataduras, mas a impedi.

– Não, não, é preciso que a polícia veja o que aconteceu. Quero que ela faça uma ideia desse criminoso.

– E se eu puxasse o alarme?

– Tarde demais, devia ter feito isso enquanto ele me atacava.

– Mas ele teria me matado! Ah, senhor, eu lhe disse que ele viajava neste trem! Reconheci-o em seguida, a partir do seu retrato. E ele fugiu com minhas joias.

– Ele será encontrado, não tenha medo!

– Encontrar Arsène Lupin! Nunca.

– Isso depende da senhora. Escute: assim que chegarmos, fique junto à porta e chame, gesticule. Agentes e funcionários acorrerão. Conte em poucas palavras o que viu, a agressão de que fui vítima e a fuga de Arsène Lupin, dê a descrição, um chapéu de aba mole, um guarda-chuva, o seu, e uma capa cinza, com cinto.

– A sua – ela disse.

– Como, minha? Não, a dele. Eu não vestia capa.

– Pareceu-me que ele também não a vestia quando subiu.

– Não, não... a menos que fosse uma capa esquecida na prateleira. Em todo caso, ele a vestia quando desceu e é o essencial... uma capa cinza, com cinto, lembre-se... Ah, ia esquecendo... diga seu nome, logo de início. As funções do seu marido estimularão o zelo desse pessoal.

Chegávamos. Ela já se inclinava junto à porta. Voltei a falar com uma voz forte, quase imperiosa, para que minhas palavras ficassem bem gravadas no seu cérebro:

– Diga também o meu nome, Guillaume Berlat. Se preciso, diga que me conhece... Ganharemos tempo... é preciso apressar o inquérito preliminar... o importante é a perseguição de Arsène Lupin... suas joias... Não há erro, certo? Guillaume Berlat, um amigo do seu marido.

– Entendido... Guillaume Berlat.

Ela já chamava e gesticulava. O trem nem havia parado e um senhor subia a bordo, seguido de vários homens. A hora crítica soava.

Ofegante, a dama exclamou:

– Arsène Lupin... ele nos atacou... roubou minhas joias... Sou a sra. Renaud... meu marido é subdiretor dos serviços penitenciários... Ah! Olhe, esse que vem chegando é meu irmão, Georges Ardelle, diretor do banco Crédit Rouennais... deve conhecê-lo...

Ela abraçou um homem jovem que vinha encontrá-la e que o comissário saudou. Depois continuou, lacrimosa:

– Sim, Arsène Lupin... Enquanto este senhor dormia, ele saltou em seu pescoço... O sr. Berlat, um amigo do meu marido.

O comissário perguntou:

– Mas onde ele está, Arsène Lupin?

– Saltou do trem no túnel, passando o Sena.

– Tem certeza de que era ele?

– Certeza absoluta! Eu o reconheci perfeitamente. Aliás, ele foi visto na estação Saint-Lazare. Estava com um chapéu de aba mole.

– Não... um chapéu de feltro duro, como este – retificou o comissário, apontando meu chapéu.

– Não, de aba mole, eu afirmo – repetiu a sra. Renaud –, e uma capa cinza com cinto.

– De fato – murmurou o comissário –, o telegrama fala de uma capa cinza com cinto e gola de veludo preto.

– Gola de veludo preto, justamente – exclamou a sra. Renaud, triunfante.

Respirei. Ah! Que excelente e brava amiga eu tinha!

Nesse meio-tempo, os agentes retiravam minhas ataduras. Mordi com força os lábios, o sangue escorreu. Curvado, com o lenço sobre a boca, como convém a um indivíduo que permaneceu muito tempo numa posição incômoda e traz no rosto a marca sangrenta da mordaça, eu disse ao comissário, com uma voz debilitada:

– Senhor, era Arsène Lupin, não há dúvida... Se se apressarem, o pegarão... Acho que lhes posso ser de alguma utilidade...

O vagão que devia servir para as verificações da Justiça foi separado. O trem seguiu viagem em direção ao Havre. Levaram-nos até o escritório do chefe da estação, através da multidão de curiosos que enchia a plataforma.

Nesse momento tive uma hesitação. A um pretexto qualquer, eu podia me afastar, pegar meu automóvel e dar o fora. Esperar era perigoso. Se houvesse um incidente, se chegasse um telegrama de Paris, eu estaria perdido.

Sim, mas e o meu ladrão? Contando apenas com meus recursos, numa região que não me era familiar, não teria chances de encontrá-lo.

"Vamos tentar a sorte e permanecer", pensei. "A partida é difícil de ganhar, mas divertida de jogar! E o que está em jogo vale a pena."

Quando nos pediram para repetir nossos depoimentos, exclamei:

– Sr. comissário, neste momento Arsène Lupin está se distanciando! Meu automóvel me espera no pátio. Se me derem o prazer de me acompanhar, poderíamos tentar...

O comissário sorriu com um ar matreiro:

– A ideia não é má... tanto não é má que já está em execução.

– Ah!

– Sim, senhor, dois dos meus agentes partiram de bicicleta há pouco.

– Mas para onde?

– Para a saída do túnel. Lá recolherão sinais, testemunhos, e seguirão a pista de Arsène Lupin.

Não pude deixar de fazer um gesto de indiferença com os ombros.

– Seus dois agentes não recolherão sinais nem testemunhos.

– Por quê?

– Arsène Lupin terá dado um jeito de não ser visto saindo do túnel. Chegará à primeira estrada e dali...

– Dali irá a Rouen, onde o pegaremos.

– Ele não irá a Rouen.

– Então ficará nos arredores, onde será ainda mais fácil pegá-lo...

– Ele não ficará nos arredores.

– E onde então se esconderá?

Tirei meu relógio do bolso:

– Neste momento Arsène Lupin deve estar perto da estação ferroviária de Darnétal. Às 10h50, isto é, em 22 minutos, pegará o trem que vai de Rouen, na estação do norte, a Amiens.

– O senhor acha? E como sabe?

– É muito simples. No compartimento, Arsène Lupin consultou meu guia de viagem. Por que razão? Não haveria, perto do lugar onde desapareceu, uma outra linha, uma estação nessa linha e um trem que para nessa estação? Acabo de consultar o guia e vi que existe.

– É verdade, senhor – disse o comissário –, muito bem deduzido. Que competência!

Arrastado por minha convicção, eu cometera um erro ao demonstrar tanta habilidade. Ele me olhou com espanto, e julguei sentir que uma suspeita aflorava nele. Ah! Mas infundada, pois as fotografias enviadas de toda parte pela polícia central eram demasiado imperfeitas, representavam um Arsène Lupin muito diferente do homem que estava diante dele para que me pudesse reconhecer. Mesmo assim ele estava perturbado, confuso e inquieto.

Houve um momento de silêncio. Algo de equívoco e de incerto detinha nossas palavras. Cheguei até a sentir um arrepio de mal-estar. A sorte viraria contra mim? Controlando-me, pus-me a rir.

– Meu Deus, nada nos faz tão espertos quanto a perda de uma carteira e o desejo de encontrá-la. E penso que, se o senhor consentisse em ceder-me dois de seus agentes, eles e eu poderíamos talvez...

– Oh! Por favor, sr. comissário – exclamou a sra. Renaud –, escute o sr. Berlat.

A intervenção da minha excelente amiga foi decisiva. Pronunciado por ela, a mulher de um homem influente, o nome Berlat se tornava realmente o meu e me conferia uma identidade que nenhuma suspeita podia atingir. O comissário se levantou:

– Ficarei muito feliz, sr. Berlat, acredite, se for bem-sucedido. Tanto quanto o senhor, faço questão de prender Arsène Lupin.

Ele me conduziu até o automóvel. Apresentou-me dois agentes, Honoré Massol e Gaston Delivet, que nele tomaram seus lugares. Instalei-me ao volante, enquanto o mecânico girava a manivela. Alguns segundos depois deixávamos a estação. Eu estava salvo.

Ah! Confesso que, percorrendo as avenidas ao redor da velha cidade normanda, na marcha potente do meu Moreau-Lepton 35 H.P., não deixei de sentir certo orgulho. O motor roncava harmoniosamente. À direita e à esquerda, as árvores desapareciam atrás de nós. E livre, agora fora de perigo, só me restava resolver pequenos assuntos pessoais, com a ajuda de dois honestos representantes da força pública. Arsène Lupin partia em busca de Arsène Lupin!

Modestos sustentáculos da ordem social, que preciosa ajuda vocês me deram, Delivet Gaston e Massol Honoré! O que eu teria feito sem vocês? Sem vocês, quantas vezes, nas encruzilhadas, teria tomado o caminho errado! Sem vocês, Arsène Lupin se enganaria, e o outro escaparia!

Mas nem tudo havia terminado. Longe disso. Eu precisava primeiro pegar o indivíduo e a seguir apoderar-me eu mesmo dos papéis que ele me roubara. Sob hipótese nenhuma meus dois acólitos deviam pôr o nariz nesses documentos, muito menos apoderar-se deles. Servir-me dos dois e agir à revelia deles, eis o que eu queria e que não era fácil.

Em Darnétal, chegamos três minutos após a passagem do trem. É verdade que tive o consolo de ficar sabendo que um indivíduo de capa cinza, com cinto e gola de veludo preto, havia embarcado num compartimento de segunda classe, munido de um bilhete para Amiens. Decididamente, meus primeiros ensaios como policial prometiam.

Delivet me disse:

– O trem é expresso e só para em Montérolier-Buchy, daqui a dezenove minutos. Se chegarmos antes de Arsène Lupin, ele pode continuar até Amiens ou fazer uma baldeação para Clères, e dali se dirigir a Dieppe ou Paris.

– Qual a distância até Montérolier?

– Vinte e três quilômetros.

– Vinte e três quilômetros em dezenove minutos... chegaremos antes dele.

Etapa apaixonante! Nunca o meu fiel Moreau-Lepton respondeu à minha impaciência com mais ardor e regularidade. Era como se eu comunicasse minha vontade diretamente, sem a intermediação das peças e alavancas de comando. Ele compartilhava meus desejos, aprovava minha obstinação, compreendia minha animosidade contra esse falso Arsène Lupin. Esse patife, esse traidor! Eu o venceria? Ele se valeria mais uma vez da autoridade, dessa autoridade da qual eu era a encarnação?

– À direita! – gritou Delivet... – À esquerda!... Reto!...

Quase nem tocávamos o chão. As margens da estrada pareciam pequenos animais medrosos que desapareciam à nossa aproximação.

E de repente, numa curva da estrada, um turbilhão de fumaça, o expresso norte!

Durante um quilômetro, foi a luta, lado a lado, luta desigual cujo resultado era certo. Na chegada, estávamos vinte metros à frente.

Em três segundos alcançamos a plataforma, diante dos vagões de segunda classe. As portas se abriram. Algumas pessoas desceram, mas meu ladrão, não. Inspecionamos os compartimentos. Nada de Arsène Lupin.

– Arre! – exclamei. – Ele me reconheceu no automóvel enquanto seguíamos lado a lado e saltou.

O chefe do trem confirmou essa suposição. Ele tinha visto um homem correndo ao longo do aterro, a duzentos metros da estação.

– Olhem! Lá embaixo... aquele homem atravessando a passagem de nível!

Parti a toda pressa seguido de meus dois acólitos, ou melhor, de um deles, pois o outro, Massol, mostrou ser um corredor excepcional, tanto pela resistência quanto pela velocidade. Em poucos instantes o intervalo que o separava do fugitivo diminuiu sensivelmente. O homem o viu, pulou uma cerca e escalou com rapidez uma encosta. Vimos que entrava mais adiante num pequeno bosque.

Quando atingimos esse bosque, Massol nos esperava. Havia julgado inútil se aventurar ainda mais, temendo perder-se de nós.

Examinei as imediações, ao mesmo tempo em que refletia sobre como proceder sozinho à detenção do fugitivo, a fim de eu mesmo reaver o que a Justiça certamente só liberaria após muitas investigações desagradáveis. Depois voltei para junto de meus companheiros.

– Bem, é fácil. Você, Massol, poste-se à esquerda. Você, Delivet, à direita. Vigiem dali toda a parte de trás do bosque, e ele não poderá sair sem ser visto por vocês, a não ser por esta entrada, onde tomarei posição. Se ele não sair, eu entro, e o pegarei de um jeito ou de outro. Vocês só precisam esperar. Ah! Ia esquecendo: em caso de alerta, um tiro no ar.

Massol e Delivet se afastaram, cada qual por seu lado. Assim que desapareceram, adentrei o bosque com a maior precaução, de modo a não ser visto nem ouvido. Era um matagal espesso, apropriado para a caça e cortado por sendas muito estreitas, onde só era possível andar curvando-se como numa passagem subterrânea.

Uma delas levava a uma clareira onde a grama molhada apresentava marcas de passos. Segui essas marcas, tendo o cuidado de não fazer ruído no mato. Elas me conduziram a um montículo onde havia um casebre semidemolido, feito de restos de construção.

"Ele deve estar aí", pensei. "O esconderijo é bem escolhido."

Rastejei até as proximidades. Um leve ruído me indicou a presença dele e, de fato, por uma abertura, pude vê-lo virado de costas para mim.

Em dois saltos cheguei até onde estava. Ele tentou apontar o revólver que segurava na mão. Não lhe dei tempo e o derrubei no chão, de tal modo que seus dois braços ficaram presos às costas e pus meu joelho sobre seu peito.

– Escute, meu caro – eu lhe disse ao ouvido –, sou Arsène Lupin. Você vai me devolver em seguida minha carteira e a bolsa da senhora, com isso te livro das garras da polícia e te contrato entre meus amigos. Basta uma palavra: sim ou não?

– Sim – ele murmurou.

– Melhor assim. Seu golpe desta manhã foi muito bem bolado. Depois falaremos disso.

Levantei-me. Ele enfiou a mão no bolso, dali tirou uma faca e quis me atacar.

– Imbecil! – gritei.

Com uma das mãos desviei o braço, com a outra desferi um violento golpe na artéria carótida, o chamado "gancho na carótida". Ele caiu desmaiado.

Em minha carteira reencontrei meus papéis e meu dinheiro. Por curiosidade, peguei a dele. Num envelope que lhe era endereçado, li seu nome: Pierre Onfrey.

Estremeci. Pierre Onfrey, o assassino da Rue Lafontaine, em Auteuil! Pierre Onfrey, que degolou a sra. Delbois e suas duas filhas. Inclinei-me sobre ele. Sim, era esse rosto que, no trem, havia despertado em mim a lembrança de traços já vistos.

Mas o tempo passava. Pus num envelope duas notas de cem francos, um cartão e estas palavras:

De Arsène Lupin a seus bons colegas Honoré Massol e Gaston Delivet, em sinal de gratidão.

Coloquei o envelope bem no meio da peça. Ao lado, a bolsa da sra. Renaud. Poderia não devolvê-la à excelente amiga que me socorreu?

Confesso, porém, que retirei tudo que apresentasse um interesse qualquer, só deixando um pente de madrepérola e um porta-moedas vazio. Que diabos! Negócios são negócios. Além do mais, na verdade, seu marido exercia uma profissão muito pouco honrável!

Restava o homem. Ele começava a se mexer. O que eu devia fazer? Não me julgava qualificado nem para salvá-lo nem para condená-lo.

Retirei-lhe as armas e dei um tiro de revólver no ar.

"Os dois vão chegar", pensei, "que eles resolvam! As coisas se cumprirão conforme o destino dele."

E me afastei correndo pelo caminho por onde entrara.

Vinte minutos depois, um atalho da estrada, que eu havia notado no momento da perseguição, me levou de volta ao meu automóvel.

Às quatro da tarde, eu telegrafava a meus amigos de Rouen dizendo que um incidente imprevisto me obrigava a adiar a visita. Mas, cá entre nós, considerando o que devem saber agora, receio que serei obrigado a adiá-la indefinidamente. Cruel desilusão para eles!

Às seis da tarde eu chegava a Paris, tendo passado por Isle-Adam, Enghien e o pórtico Bineau.

Os jornais vespertinos me informaram que finalmente haviam conseguido prender Pierre Onfrey.

No dia seguinte – não desdenhemos de modo algum as vantagens de um anúncio inteligente –, o *Echo de Paris* publicava esta notícia sensacional:

Ontem, nos arredores de Buchy, após numerosos incidentes, Arsène Lupin efetuou a detenção de Pierre Onfrey. O assassino da Rue Lafontaine havia acabado de assaltar, na linha de trem Paris-Havre, a sra. Renaud, esposa do subdiretor dos serviços penitenciários. Arsène Lupin restituiu à sra. Renaud a bolsa que continha suas joias e recompensou generosamente os dois policiais que o ajudaram durante essa dramática detenção.

V

O COLAR DA RAINHA

Duas ou três vezes ao ano, por ocasião de solenidades importantes, como os bailes da embaixada da Áustria ou as *soirées* de Lady Billingstone, a condessa de Dreux-Soubise punha sobre os alvos ombros o colar da rainha.

Era o famoso e legendário colar que Bohmer e Bassenge, joalheiros da coroa, destinavam à Madame du Barry*, que posteriormente o cardeal Rohan-Soubise acreditou oferecer a Maria Antonieta, rainha da França, e que a aventureira Jeanne de Valois, condessa de la Motte, desmanchou numa noite de fevereiro de 1785, com a ajuda do marido e de um cúmplice, Rétaux de Villette.

Para dizer a verdade, somente a armação era autêntica. Rétaux de Villette a conservou, enquanto o sr. de la Motte e sua mulher dispersavam aos quatro ventos as pedras brutalmente arrancadas, as admiráveis pedrarias escolhidas com tanto cuidado por Bohmer. Mais tarde, na Itália, ele a vendeu a Gaston de Dreux-Soubise, sobrinho e herdeiro do cardeal, salvo por ele da ruína por ocasião da comentada bancarrota de Rohan-Guéménée, e que, em lembrança do tio, comprou os poucos diamantes que restavam de posse

---
* Famosa amante de Luís XV. (N.T.)

do joalheiro inglês Jefferys, completou-os com outros de valor bem menor, mas de mesma dimensão, e conseguiu reconstituir o maravilhoso "colar de diamantes", tal como saíra das mãos de Bohmer e Bassenge.

Dessa joia histórica, durante cerca de um século, os Dreux-Soubise se orgulharam. Embora diversas circunstâncias tivessem diminuído consideravelmente sua fortuna, eles preferiram reduzir a criadagem a se desfazer da régia e preciosa relíquia. O conde atual zelava por ela como se zela pela casa dos pais. Por prudência, alugara um cofre no Crédit Lyonnais para ali depositá-la. Ele mesmo ia buscá-la nos dias em que a mulher queria usá-la e ele mesmo a levava de volta no dia seguinte.

Certa noite, numa recepção no Palais de Castille, a condessa fez um verdadeiro sucesso e o rei Cristiano da Dinamarca, em honra de quem a festa era dada, notou sua magnífica beleza. As pedras cintilavam em volta do gracioso pescoço. As mil facetas dos diamantes brilhavam como chamas à claridade das luzes. Nenhuma outra mulher, diziam, teria usado com tanto desembaraço e nobreza o fardo desse ornamento.

Foi um duplo triunfo que o conde de Dreux saboreou profundamente e do qual se felicitou quando eles voltaram ao quarto de sua velha mansão do *faubourg* Saint-Germain. Ele estava orgulhoso tanto da mulher quanto da joia que havia quatro gerações tornava ilustre sua casa. E a mulher se envaidecia disso de maneira um tanto pueril, mas que era bem a marca do seu caráter altivo.

Não sem lamento, ela tirou do pescoço o colar e o estendeu ao marido que o examinou com admiração, como se não o conhecesse. Depois, pondo-o de volta no estojo de couro vermelho com as armas do cardeal, ele foi até um closet, espécie de alcova completamente isolada do quarto e cuja única entrada ficava junto à cama. Como das outras vezes, escondeu-o numa prateleira bastante elevada, entre caixas de chapéu e pilhas de roupas. Voltou a fechar a porta e se despiu.

De manhã, levantou-se por volta das nove horas, com a intenção de, após o desjejum, ir até o Crédit Lyonnais. Vestiu-se, bebeu uma xícara de café e desceu até a estrebaria. Ali deu ordens. Um dos cavalos o preocupava. Fez o animal marchar e trotar diante dele no pátio. Depois retornou para junto da mulher.

Esta não havia deixado o quarto e se penteava, auxiliada pela criada. Ela lhe disse:

– Vai sair?

– Sim... levar o colar...

– Ah! De fato... é mais prudente...

Ele entrou no closet. Mas, ao cabo de alguns segundos, perguntou, aliás sem o menor espanto:

– Você o pegou, querida?

Ela respondeu:

– Como? Claro que não, não peguei nada.

– Mexeu nas coisas.

– Não mexi em nada... nem sequer abri essa porta.

Ele apareceu, agitado, e balbuciou com uma voz quase ininteligível:

– Não está com ele?... Não foi você?... Então...

Ela acorreu, e os dois puseram-se a procurar febrilmente, lançando as caixas ao chão e desfazendo as pilhas de roupas. E o conde repetia:

– Inútil... tudo o que fazemos é inútil... Foi aqui, nesta prateleira, que o coloquei.

Acenderam uma vela, pois a peça estava bastante escura, e retiraram todos os objetos que a atulhavam. E, quando nada mais havia ali, tiveram de reconhecer com desespero que o famoso colar, o colar de diamantes da rainha, havia sumido.

De natureza resoluta, a condessa, sem perder tempo em vãs lamentações, mandou chamar o comissário Valorbe, cujo espírito sagaz e clarividente eles já haviam tido a ocasião de apreciar. Informaram-no de todos os detalhes, e imediatamente ele perguntou:

– Tem certeza, sr. conde, de que ninguém pôde atravessar seu quarto à noite?

– Absoluta. Tenho o sono muito leve. Além disso, a porta do quarto estava fechada com tranca. Precisei tirá-la esta manhã quando minha mulher chamou a criada.

– E não há outra passagem que permita entrar no closet?

– Nenhuma.

– Nenhuma janela?

– Há uma, mas está obstruída.

– Eu gostaria de verificar...

Velas foram acesas e o sr. Valorbe logo notou que a obstrução só ia até a metade, por um baú que, aliás, não se encostava totalmente à janela.

– Ele está suficientemente encostado – replicou o sr. de Dreux – para que seja impossível deslocá-lo sem fazer muito ruído.

– E essa janela dá para onde?

– Para um pequeno pátio interno.

– E há mais um andar acima deste?

– Dois, mas no andar dos empregados o pátio é coberto por uma grade de malhas finas. Por isso temos tão pouca claridade.

Aliás, quando o baú foi afastado, constatou-se que a janela estava fechada, o que não teria acontecido se alguém tivesse vindo de fora.

– A menos – observou o conde – que esse alguém tenha saído por nosso quarto.

– Nesse caso, o senhor não teria encontrado a porta trancada por dentro.

O comissário refletiu um instante e depois virou-se para a condessa:

– Alguma de suas amigas sabia, senhora, que usaria esse colar ontem à noite?

– Certamente, não era um segredo. Mas ninguém sabia que o guardávamos nesta peça.

– Ninguém?

– Ninguém... A menos que...

– Por favor, senhora, diga. Esse é um dos pontos mais importantes.

Ela disse ao marido:

– Pensei na Henriette.

– Henriette? Ela ignora esse detalhe como as outras.

– Está certo disso?

– Quem é essa senhora? – interrogou o sr. Valorbe,

– Uma amiga de internato, que se desentendeu com a família ao casar com uma espécie de operário. Quando o marido morreu, eu a recolhi com o filho e lhe aluguei um cômodo nesta mansão.

E acrescentou com embaraço:

– Ela me presta alguns serviços. É muito habilidosa com as mãos.

– Em que andar ela mora?

– No mesmo que o nosso, não muito longe... no fundo do corredor... E, pensando bem, a janela da sua cozinha...

– Dá para esse pátio, não é?

– Sim, bem defronte à nossa.

Um pequeno silêncio seguiu-se a essa declaração.

O sr. Valorbe pediu, então, que o conduzissem até Henriette.

Encontraram-na costurando, enquanto seu filho, Raoul, um menino de seis a sete anos, lia a seu lado. Bastante surpreso de ver o miserável cômodo alugado para ela, que se compunha de uma pequena peça sem lareira e um canto que servia de cozinha, o comissário a interrogou. Ela pareceu perturbada ao saber do roubo. Na véspera, ajudara a condessa a vestir-se e prender o colar em volta do seu pescoço.

– Santo Deus! – exclamou. – Quem diria?

– Não tem alguma ideia, alguma suspeita? É possível que o ladrão tenha passado por seu quarto.

Ela riu com ingenuidade, sem sequer imaginar que pudessem suspeitar dela.

– Mas não saí do meu quarto! Nunca saio. Além do mais, o senhor não viu?

Ela abriu a janela do cômodo.

– Olhe, são três metros até o lado oposto!

– Quem lhe disse que consideramos a hipótese de um roubo efetuado por aí?

– Mas... o colar não estava no closet?

– Como sabe?

– Ora! Sempre soube que o colocavam ali à noite... falaram disso diante de mim...

Seu rosto, ainda jovem, mas vincado pelo sofrimento, mostrava muita doçura e resignação. No entanto, no silêncio, ela teve uma súbita expressão de angústia, como se um perigo a ameaçasse. Puxou o filho para junto de si. A criança pegou-lhe a mão e a beijou com ternura.

– Suponho – disse o sr. de Dreux ao comissário, quando ficaram a sós –, suponho que não suspeita dela. Respondo por ela. É a honestidade em pessoa.

– Ah! Concordo inteiramente com o senhor – disse o sr. Valorbe. – Quando muito pensei numa cumplicidade inconsciente. Mas reconheço que essa explicação deve ser abandonada, ainda mais que não resolve de maneira alguma o problema que enfrentamos.

O comissário não levou mais adiante o inquérito, que o juiz de instrução retomou e completou nos dias seguintes. Os empregados foram interrogados, verificou-se o estado da tranca da porta, fizeram-se experiências com o fechamento e a abertura da janela do closet, o pequeno pátio interno foi explorado de cima a baixo... Tudo inútil. A tranca da porta estava intacta. A janela não podia ser aberta nem fechada por fora.

As investigações acabaram se concentrando em Henriette, pois, apesar de tudo, voltavam sempre para esse lado. Sua vida foi examinada em minúcias e constatou-se que nos últimos três anos ela só saíra quatro vezes da mansão, todas as quatro para compras que puderam ser verificadas. Na realidade, Henriette servia de camareira e de costureira para a sra. de Dreux, que se mostrava muito rigorosa com ela, conforme o testemunho de todos os empregados.

– Aliás – disse o juiz de instrução, que depois de uma semana chegou às mesmas conclusões que o comissário –, mesmo admitindo que conhecêssemos o culpado, não saberíamos a maneira como o roubo foi cometido. Estamos barrados à direita e à esquerda por dois obstáculos: uma porta e uma janela fechadas. O mistério é duplo! Como pôde alguém se introduzir e como pôde, o que é bem mais difícil, escapar deixando atrás de si uma porta trancada por dentro e uma janela fechada?

Ao cabo de quatro meses de investigações, a ideia secreta do juiz era a seguinte: o sr. e a sra. de Dreux, pressionados por necessidades financeiras, tinham vendido o colar da rainha. Ele arquivou o caso.

O roubo da preciosa joia foi um golpe que atingiu os Dreux-Soubise por muito tempo. Como seu crédito não era mais sustentado pela espécie de reserva que tal tesouro representava, eles se viram diante de credores mais exigentes e tinham dificuldade de obter empréstimos. Foram obrigados a cortar despesas, a alienar e hipotecar bens. Em suma, teria sido a ruína se heranças de parentes afastados não os tivessem salvo.

O seu orgulho foi assim atingido, como se tivessem perdido os foros de nobreza. E foi na ex-colega de pensionato que a condessa pôs a culpa. Sentia contra ela um verdadeiro rancor e a acusava abertamente. Primeiro a transferiram para o andar dos empregados, depois a mandaram embora.

E a vida continuou, sem acontecimentos notáveis. Eles viajaram muito.

Um único fato deve ser destacado nessa época. Alguns meses após a saída de Henriette, a condessa recebeu dela uma carta que a encheu de espanto:

Madame,
Não sei como lhe agradecer. Pois foi a senhora que me enviou isso, não foi? Só pode ter sido a senhora. Ninguém mais conhece meu retiro neste vilarejo remoto. Se me engano, desculpe-me, mas guarde pelo menos a expressão da minha gratidão por suas bondades passadas...

O que ela queria dizer? As bondades do presente ou do passado por parte da condessa se reduziam a muitas injustiças. O que significavam esses agradecimentos?

Intimada a explicar-se, ela respondeu que havia recebido pelo correio, numa correspondência comum, duas notas de mil francos. O envelope, que juntava à resposta, fora selado em Paris e só trazia seu endereço, com uma letra visivelmente disfarçada.

De onde provinham esses dois mil francos? Quem os enviara? A Justiça buscou informações. Mas que pista seguir em meio às trevas?

O mesmo fato se reproduziu doze meses depois. E uma terceira vez; e uma quarta vez; e anualmente durante seis anos, com a diferença de que no quinto e no sexto ano a quantia dobrou, o que permitiu a Henriette, que então adoecera, medicar-se de forma conveniente.

Outra diferença: como a administração do correio se apoderou de uma das cartas sob pretexto de que não havia nome do remetente, as duas últimas cartas foram enviadas conforme o regulamento, a primeira postada de Saint-Germain, a outra, de Suresnes. O remetente assinou primeiro Anquety, depois Péchard. Os endereços que deu eram falsos.

Ao cabo desses seis anos, Henriette morreu. E o enigma permanecia intacto.

Todos esses acontecimentos são conhecidos do público. Tratava-se de um caso apaixonante, e por um estranho destino esse colar, após ter agitado a França no final do século XVIII, continuava a provocar a mesma emoção 120 anos mais tarde. Mas o que vou dizer é ignorado por todos, exceto pelos principais interessados e por algumas pessoas às quais o conde pediu segredo absoluto. Como é provável que um dia ou outro elas faltem à sua promessa, não tenho o menor escrúpulo, eu, de rasgar o véu, e assim saberão, juntamente com a chave do enigma, a explicação da carta publicada pelos jornais anteontem de manhã, carta extraordinária que acrescentou, se isso é possível, um pouco mais de sombra e de mistério às obscuridades desse drama.

O fato ocorrera cinco dias antes. Entre os convidados que jantavam na casa do sr. de Dreux-Soubise, achavam-se duas de suas sobrinhas e uma prima, e, entre os homens, o magistrado d'Essaville, o deputado Bochas, o cavaleiro Floriani, que o conde conhecera na Sicília, e o general marquês de Rouzières, um velho companheiro de grupo.

Depois da refeição, as damas serviram o café, e os senhores tiveram a autorização para fumar um cigarro, com a condição de não abandonarem o salão. Conversou-se. Uma das moças se divertiu em ler a sorte com um baralho de cartas. Depois se passou a falar de crimes célebres. E foi então que o sr. de Rouzières, que não perdia a ocasião de implicar com o conde, lembrou a aventura do colar, tema de conversa que o sr. de Dreux detestava.

Logo todos emitiram uma opinião. Cada um recomeçou, à sua maneira, a investigação do caso. E, é claro, todas as hipóteses se contradiziam, todas igualmente inadmissíveis.

– E o senhor – perguntou a condessa ao cavaleiro Floriani –, qual é sua opinião?

– Eu? Madame, não tenho opinião.

Todos se surpreenderam. Pois justamente o cavaleiro acabara de contar de maneira brilhante diversas aventuras nas quais se envolvera com o pai, magistrado em Palermo, e que haviam mostrado seu julgamento e seu gosto por tais questões.

– Confesso – ele disse – que já obtive sucesso onde outros mais habilidosos falharam. Mas daí a me considerar como um Sherlock Holmes... Além disso, quase nem sei do que se trata.

Os convidados se viraram para o dono da casa. A contragosto, este teve de resumir os fatos. O cavaleiro escutou, refletiu, fez algumas perguntas e murmurou:

– É curioso... À primeira vista não me parece que a coisa seja tão difícil de adivinhar.

O conde deu de ombros. Mas os outros prestaram atenção no cavaleiro, que prosseguiu num tom um tanto dogmático:

– Em geral, para chegar ao autor de um crime ou de um roubo, é preciso determinar como esse crime ou esse roubo foram cometidos. No caso em questão, nada mais simples, a meu ver, pois estamos diante não de várias hipóteses, mas de uma certeza, única, rigorosa, e que se enuncia assim: o indivíduo só podia entrar pela porta do quarto ou pela janela do closet. Ora, não se abre, de fora, uma porta trancada por dentro. Portanto, ele entrou pela janela.

– Ela estava fechada, e foi descoberta fechada – declarou o sr. de Dreux.

– Para isso – continuou Floriani, sem considerar a interrupção – ele só precisou fazer uma ponte, com uma tábua ou uma escada, entre o balcão da cozinha e a beirada da janela, e assim que o estojo da joia...

– Mas lhe repito que a janela estava fechada!

Desta vez Floriani precisou responder e o fez com a maior tranquilidade, como homem que uma objeção tão insignificante não perturba.

– Acredito que estava, mas não havia um postigo?

– Como sabe?

– Primeiro porque é quase uma regra em mansões dessa época. Depois porque é preciso ser assim, caso contrário o roubo é inexplicável.

– De fato, há um postigo, mas está fechado como a janela. Nem mesmo prestamos atenção nele.

– Foi um erro. Pois, se tivessem prestado atenção, teriam visto evidentemente que foi aberto.

– De que maneira?

– Suponho que, como todos os outros, ele é aberto por meio de um fio de arame, munido de um anel na extremidade inferior.

– Sim.

– E esse anel não pendia entre a janela e o baú?

– Sim, mas não compreendo...

– Veja: por uma fenda feita na janela, foi possível, com um instrumento qualquer, digamos uma varinha de ferro provida de um gancho, chegar ao anel e soltá-lo.

O conde zombou:

– Perfeito! Perfeito! Imagina tudo isso com facilidade! Mas está esquecendo uma coisa, caro senhor, é que não houve fenda feita na janela.

– Houve uma fenda.

– Ora essa! Então a teríamos visto.

– Para ver é preciso olhar, e ninguém olhou. A fenda existe, é materialmente impossível que não exista, ao longo da massa de vidraceiro da janela... no sentido vertical, é claro.

O conde se levantou. Parecia muito excitado. Deu alguns passos nervosos de um lado a outro do salão e falou, aproximando-se de Floriani:

– Nada mudou lá em cima desde aquele dia... ninguém mais pôs os pés no closet.

– Nesse caso, senhor, poderá verificar que minha explicação está de acordo com a realidade.

– Não está de acordo com nenhum dos fatos que a Justiça constatou. O senhor nada viu, nada sabe, e se opõe a tudo que vimos e a tudo que sabemos.

Floriani não pareceu notar a irritação do conde e disse, sorrindo:

– Meu senhor, procuro ver com clareza, só isso. Se me engano, prove-me o erro.

– Sem mais demora... Confesso que essa sua autoconfiança já estava...

O sr. de Dreux murmurou ainda algumas palavras e então, de repente, se dirigiu até a porta e saiu.

No salão nenhuma palavra foi pronunciada. Todos esperavam ansiosamente, como se uma parcela da verdade fosse aparecer. E o silêncio tinha uma gravidade extrema.

Por fim o conde reapareceu no batente da porta. Estava pálido e singularmente agitado. Disse a seus amigos, com uma voz trêmula:

– Peço-lhes perdão... as revelações deste senhor foram tão imprevistas... eu jamais teria pensado...

Sua mulher o interrogou com avidez:

– Vamos, fale! O que houve?

Ele balbuciou:

– A fenda existe... exatamente no lugar indicado... ao longo da vidraça...

Pegou bruscamente o braço do cavaleiro e lhe disse num tom imperioso:

– E agora, senhor, prossiga... Reconheço que tem razão até aqui, mas não está terminado... diga... o que houve a seguir, na sua opinião?

Floriani desembaraçou-se com suavidade e, após um instante, pronunciou:

– Bem, em minha opinião, eis o que se passou. O indivíduo, sabendo que a sra. de Dreux ia ao baile com o colar, lançou sua passarela durante a ausência de vocês. Através da janela, ele o viu chegar e esconder a joia. Quando o senhor saiu dali, ele abriu a fenda e entrou.

– Vá lá, mas há um vão entre o postigo e a janela para que ele pudesse abri-la.

– Se ele pôde abri-la, é porque se insinuou nesse vão.

– Impossível! Não há homem magro o bastante para se introduzir ali.

– Então não foi um homem.

– Como assim?

– Se o vão é muito estreito para um homem, deve ter sido uma criança.

– Uma criança?

– Não me disse que sua amiga Henriette tinha um filho?

– De fato... Um filho chamado Raoul.

– É muito provável que Raoul tenha cometido o roubo.

– Que provas o senhor tem?
– Provas?... Não faltam provas... Assim, por exemplo...

Ele se calou e refletiu alguns segundos. Depois continuou:

– Essa passarela, por exemplo: é improvável que o menino a tenha trazido da rua e a retirado sem ser vista. Ele deve ter usado algo que estava à disposição. Na parte do cômodo que servia de cozinha a Henriette, havia tábuas nas paredes onde eram penduradas panelas, não é mesmo?

– Duas tábuas, ao que me lembro.

– Seria preciso verificar se essas tábuas estão realmente pregadas aos suportes de madeira. Se não estiverem, somos autorizados a pensar que o menino as despregou para utilizá-las como passarela. É possível também, se havia um fogão, que houvesse um gancho de forno que ele certamente usou para abrir o postigo.

Sem dizer uma palavra, o conde saiu, e, desta vez, os que estavam presentes não sentiram a mesma ansiedade que haviam sentido a primeira vez. Eles sabiam, sabiam de forma absoluta que as previsões de Floriani eram corretas. Emanava desse homem uma impressão de certeza tão rigorosa que o escutavam não como se ele deduzisse fatos uns dos outros, mas como se narrasse acontecimentos cuja autenticidade era fácil de verificar.

E ninguém se espantou quando o conde declarou, ao voltar:

– Foi realmente o menino, foi ele, tudo o confirma.

– Você viu as tábuas... o gancho?

– Vi... as tábuas foram despregadas... o gancho ainda está lá.

A sra. de Dreux-Soubise exclamou:

– Foi ele... Está querendo dizer que foi a mãe dele. Henriette é a única culpada. Certamente obrigou o filho...

– Não – afirmou o cavaleiro –, a mãe nada teve a ver com isso.

– Ora, vamos! Eles moravam no mesmo cômodo, o menino não pode ter agido sem que Henriette soubesse.

– Moravam no mesmo cômodo, mas tudo se passou na cozinha, enquanto a mãe dormia.

– E o colar? – disse o conde. – Teria sido encontrado entre as coisas do menino.

– Na manhã em que o senhor o viu diante de sua mesa de estudos, ele voltava da escola, e talvez a Justiça, em vez de esgotar seus recursos contra a mãe inocente, teria feito melhor se examinasse a mesa da criança, seus livros escolares.

– Certo, mas os dois mil francos que Henriette recebia todo ano não são o melhor sinal da sua cumplicidade?

– Ela teria lhe agradecido pelo dinheiro se fosse cúmplice? Além disso, não a vigiavam? Ao passo que o menino, ele pôde facilmente procurar um revendedor qualquer, cedendo-lhe a preço vil um, dois diamantes, conforme o caso... com a condição de que a remessa do dinheiro fosse efetuada de Paris, e a operação recomeçasse no ano seguinte.

Um mal-estar indefinível oprimia os Dreux-Soubise e seus convidados. Realmente havia no tom, na atitude de Floriani, algo mais do que essa certeza que desde o início tanto irritara o conde. Havia uma espécie de ironia, e uma ironia mais hostil do que simpática e amistosa, como seria conveniente.

O conde fingiu rir.

– Estou encantado com tanta engenhosidade. Meus cumprimentos! Que imaginação brilhante!

– Não, não! – exclamou Floriani com mais seriedade –, não estou imaginando, evoco circunstâncias que aconteceram inevitavelmente.

– O que sabe disso?

– O senhor mesmo me disse. Penso na vida da mãe e do menino, lá, num vilarejo do interior, na mãe que adoece, nas artimanhas e invenções do pequeno para vender as pedrarias e salvar a mãe ou pelo menos suavizar seus últimos momentos. Mas ela morre. Os anos passam. O menino cresce, vira homem. E então, e desta vez admito que dou livre curso à minha imaginação, suponhamos que esse homem sente a necessidade de voltar ao lugar onde viveu sua infância, de rever aqueles que suspeitaram da sua mãe e a acusaram... Percebem o interesse pungente desse encontro na velha casa onde as peripécias do drama se passaram?

Suas palavras ressoaram alguns instantes no silêncio inquieto e lia-se, no rosto do sr. e da sra. de Dreux, um esforço para compreender, ao mesmo tempo em que lia-se o medo e a angústia de compreender. O conde murmurou:

– Afinal, quem é o senhor?

– Eu? Ora, o cavaleiro Floriani que o senhor conheceu em Palermo e teve a gentileza de convidar à sua casa já várias vezes.

– Então o que significa essa história?

– Absolutamente nada! É uma simples brincadeira da minha parte. Procuro imaginar a alegria que o filho de Henriette, se ainda vive, sentiria em lhes dizer que foi o único culpado, e que tudo aconteceu porque sua mãe sofria, a ponto de perder a condição de... empregada da qual vivia, e porque a criança sofria em ver a mãe infeliz.

Ele se exprimia com uma emoção contida, um pouco inclinado em direção à condessa. Não havia dúvida alguma. Floriani não era outro senão o filho de Henriette. Tudo, na sua atitude, nas suas palavras, o proclamava. Aliás, não era sua intenção evidente, sua vontade, ser reconhecido como tal?

O conde hesitou. Que conduta tomar em relação ao audacioso personagem? Chamar a polícia? Provocar um escândalo? Desmascarar aquele que o havia roubado outrora? Mas já fazia tanto tempo! E quem admitiria essa história de um menino culpado? Não, era preferível aceitar a situação, fingindo não perceber seu verdadeiro sentido. E o conde, aproximando-se de Floriani, exclamou com jovialidade:

– Muito divertida, muito curiosa a sua história! Achei apaixonante, juro. Mas, na sua opinião, o que foi feito desse jovem, desse modelo de filho? Espero que não tenha se detido em tão belo caminho.

– Ah! Certamente que não.

– Não é mesmo? Depois de tal começo! Roubar o colar da rainha aos seis anos de idade, o célebre colar que Maria Antonieta cobiçava!

– E roubá-lo – observou Floriani – aproveitando-se do jogo do conde, roubá-lo sem que isso lhe causasse o menor problema, sem que ninguém tivesse a ideia de examinar o estado da janela ou percebesse que a beirada da janela estava limpa demais porque ele apagara os vestígios de sua passagem na espessa poeira... Admita que havia motivos para virar a cabeça de um menino da idade dele. Então é tão fácil assim? Basta querer e estender a mão?... De fato, ele quis...

– E estendeu a mão.

– As duas mãos – acrescentou o cavaleiro, rindo.

Um arrepio percorreu a audiência. Que mistério ocultava a vida desse suposto Floriani? Que extraordinária devia ser a existência desse aventureiro, ladrão genial aos seis anos de idade, e que hoje, por um refinamento de diletante em busca de emoção, ou talvez para satisfazer um sentimento de rancor, vinha desafiar sua vítima na casa dela, de maneira insana e audaciosa, no entanto com toda a correção de um homem galante em visita!

Ele se levantou e se aproximou da condessa para se despedir. Ela conteve um gesto de recuo. Ele sorriu.

– Madame, não tenha medo! Será que levei longe demais minha pequena comédia de feiticeiro de salão?

Ela se controlou e respondeu com a mesma desenvoltura um pouco zombeteira:

– De modo nenhum, senhor. Ao contrário, a lenda desse bom filho me interessou muito e estou feliz de que meu colar tenha sido a ocasião de um destino tão brilhante. Mas não acha que o filho dessa... mulher, dessa Henriette, obedecia no fundo à sua vocação?

Ele sentiu a agulhada e replicou:

– Estou convencido disso, e essa vocação deve mesmo ter sido séria para que a criança não desanimasse.

– O que está querendo dizer?

– Ora, a senhora sabe, a maior parte das pedras era falsa. Só restavam uns poucos diamantes comprados de um joalheiro inglês, os outros tendo sido vendidos um a um conforme as duras necessidades da vida.

– Continuava sendo o colar da rainha, senhor – disse a condessa com altivez –, e parece-me que o filho de Henriette não podia compreender isso.

– Falso ou verdadeiro, ele deve ter compreendido, senhora, que o colar era acima de tudo um objeto de ostentação, uma fachada.

O sr. de Dreux fez um gesto. Sua mulher o deteve.

– Senhor – disse ela –, se o homem a quem se refere tiver o menor pudor...

Mas interrompeu-se, intimidada pelo calmo olhar de Floriani.

– Se esse homem tiver o menor pudor?...

Ela percebeu que nada ganharia em lhe falar desse modo e, apesar do que sentia, apesar da cólera e da indignação, trêmula de orgulho humilhado, disse-lhe de uma forma quase polida:

– Senhor, diz a lenda que Rétaux de Villette, quando teve o colar da rainha em suas mãos e dele retirou todos os diamantes com Jeanne de Valois, não ousou tocar na armação. Ele compreendeu que os diamantes eram apenas o ornamento, o acessório, mas que a armação era a obra essencial, a criação do artista, e a respeitou. Pensa que esse homem compreendeu realmente isso?

– Não duvido que a armação ainda exista. O menino a respeitou.

– Pois bem, senhor, se por acaso encontrá-lo, diga-lhe que conserva injustamente uma das relíquias que são a propriedade e a glória de certas famílias, e que ele arrancou as pedras sem que o colar da rainha deixasse de pertencer à casa dos Dreux-Soubise, ele nos pertence como nosso nome, como nossa honra.

O cavaleiro respondeu simplesmente:

– Direi a ele, madame.

Inclinou-se diante dela, saudou o conde, saudou os demais assistentes e saiu.

Quatro dias depois, a sra. de Dreux encontrou em cima da mesa do seu quarto um estojo vermelho com as armas do cardeal. Abriu-o. Era o colar de diamantes da rainha.

Mas, como todas as coisas devem, na vida de um homem preocupado com unidade e lógica, concorrer para o mesmo objetivo – e como um pouco de propaganda nunca é demais –, no dia seguinte o *Echo de France* publicava estas linhas sensacionais:

> *O colar da rainha, a célebre joia roubada outrora da família de Dreux-Soubise, foi reencontrado por Arsène Lupin. Arsène Lupin apressou-se em devolvê-lo a seus legítimos proprietários. Não se pode senão aplaudir essa atenção delicada e cavalheiresca.*

VI

O SETE DE COPAS

Uma questão se coloca e me foi feita várias vezes:
"Como conheci Arsène Lupin?"

Ninguém duvida de que o conheço. Os detalhes que acumulo sobre esse homem desconcertante, os fatos irrefutáveis que exponho, as provas novas que trago, a interpretação que dou de certos atos cujas manifestações exteriores presenciei sem penetrar suas razões secretas nem seu mecanismo invisível, tudo isso mostra claramente que a existência de Arsène Lupin tornaria impossível, se não uma intimidade, ao menos relações de amizade e confidências seguidas.

Mas como o conheci? De onde me vem o favor de ser seu biógrafo? Por que eu e não outro?

A resposta é fácil: somente o acaso presidiu a uma escolha em que meu mérito não conta. Foi o acaso que me pôs no seu caminho. Foi o acaso que me envolveu numa de suas mais estranhas e misteriosas aventuras. Por acaso, enfim, fui ator num drama do qual ele foi o maravilhoso encenador, drama obscuro e complexo, com tantas peripécias que sinto certo embaraço no momento de fazer esse relato.

O primeiro ato se passa durante a noite de 22 a 23 de junho, da qual tanto se falou. E, de minha parte, digamos logo de saída, atribuo minha conduta bastante anormal na ocasião ao estado de espírito muito particular em que me encontrava ao voltar para casa. Havíamos jantado entre amigos no restaurante de la Cascade e, durante a noitada, enquanto fumávamos e a orquestra de ciganos tocava valsas melancólicas, falamos apenas de crimes e de roubos, de intrigas assustadoras e tenebrosas. É sempre uma preparação ruim para o sono.

Os Saint-Martin foram embora de carro, Jean Daspry – o simpático e despreocupado Daspry que foi morto, seis meses depois, de maneira tão trágica na fronteira do Marrocos –, e eu voltávamos a pé na noite escura e quente. Quando chegamos diante do pequeno sobrado onde eu morava havia um ano em Neuilly, no Boulevard Maillot, ele me disse:

– Você nunca tem medo?

– Que ideia!

– É que esse sobrado é tão isolado! Sem vizinhos... terrenos baldios... Não sou covarde, no entanto...

– Um debochado, é o que você é!

– Digo isso casualmente. Os Saint-Martin me impressionaram com suas histórias de bandidos.

Ele me apertou a mão e se afastou. Peguei a chave e abri a porta.

– Ih! – murmurei. – Antoine se esqueceu de deixar uma vela acesa.

E logo lembrei que Antoine estava ausente, eu o havia dispensado.

A sombra e o silêncio me pareceram então desagradáveis. Subi até meu quarto às apalpadelas o mais depressa que pude, e ao entrar, contrariamente ao meu hábito, fechei a porta à chave e passei o ferrolho. Depois acendi a vela.

A luz da vela me devolveu a calma. No entanto tive o cuidado de tirar meu revólver do coldre, um revólver de cano longo, e o coloquei ao lado da cama. Essa precaução acabou por me tranquilizar. Deitei-me e, como de costume, para adormecer, peguei na mesa de cabeceira o livro que me esperava toda noite.

Fiquei muito espantado. No lugar do corta-papel com que eu marcara a página na véspera, havia um envelope com cinco timbres de cera vermelha. Peguei-o com curiosidade. Trazia meu nome e sobrenome, acompanhados do aviso: "Urgente".

Uma carta! Uma carta dirigida a mim! Quem podia tê-la colocado nesse lugar? Um pouco nervoso, rasguei o envelope e li:

A partir do momento em que tiver aberto esta carta, não importa o que aconteça, não importa o que ouça, não se mexa mais, não faça um gesto, não grite. Caso contrário está perdido.

Também não sou covarde e, como qualquer outro, sei me comportar diante do perigo real ou sorrir dos perigos quiméricos em que nossa imaginação nos lança. Mas, repito, eu estava num estado de espírito anormal, mais facilmente impressionável, com os nervos à flor da pele. Aliás, não havia em tudo isso algo de perturbador e de inexplicável que teria abalado a alma do mais intrépido?

Meus dedos apertavam febrilmente a folha de papel, e meus olhos reliam sem parar as frases ameaçadoras... "Não faça um gesto... não grite... caso contrário está perdido..." Ora, vamos!, pensei, é alguma piada, uma farsa imbecil.

Estive a ponto de rir, quis mesmo rir em voz alta. O que me impediu? Que temor indeciso me comprimiu a garganta?

Pelo menos eu assopraria a vela. Não, não pude assoprá-la. "Nem um gesto ou está perdido", estava escrito. Mas por que lutar contra esse tipo de autossugestão, geralmente mais imperioso do que os fatos mais precisos? Bastava fechar os olhos. Foi o que fiz.

No mesmo momento, um ruído leve se fez ouvir no silêncio, seguido de estalos. Parecia vir de uma ampla sala vizinha onde eu instalara meu gabinete de trabalho e da qual estava separado apenas pela antessala.

A proximidade de um perigo real me superexcitou e tive a sensação de que ia me levantar, pegar meu revólver e me precipitar até a sala. Não me levantei: à minha frente, uma das cortinas da janela havia se mexido.

Não havia dúvida: ela se mexera e continuava a se mexer! E vi – ah, vi muito claramente – que havia entre as cortinas e a janela, nesse espaço muito estreito, uma forma humana cuja espessura impedia a cortina de cair reta.

E o indivíduo também me via, era certo que me via através das malhas largas do tecido. Então compreendi tudo. Enquanto os outros faziam seu butim, a missão dele consistia em manter-me paralisado. Levantar-me? Pegar o revólver? Impossível... Ele estava ali! Ao menor gesto, ao menor grito, eu estaria perdido.

Um golpe violento sacudiu a casa, seguido de pequenos golpes mais curtos, como os de um martelo que bate em pontas e produz estilhaços. Ou pelo menos foi o que imaginei, na confusão do meu cérebro.

Outros ruídos se entrecruzavam, uma verdadeira bagunça que provava que agiam despreocupados, na maior segurança.

Estavam certos: não me mexi. Foi covardia? Não, simples aniquilamento, incapacidade total de mover um único de meus membros. Sabedoria, também; afinal, para que lutar? Atrás desse homem havia outros dez que viriam a seu chamado. Arriscaria minha vida para salvar algumas tapeçarias e alguns bibelôs?

E esse suplício durou a noite toda. Suplício intolerável, angústia terrível! O ruído se interrompera, mas *eu não parava de esperar* que recomeçasse. E o homem, o homem que me vigiava, com uma arma na mão! Meu olhar apavorado não o deixava. E meu coração batia, o suor banhava minha testa e todo o meu corpo!

E de repente um bem-estar inexprimível me invadiu: uma carroça de leiteiro com seu ruído bem conhecido passou na avenida, e tive ao mesmo tempo a impressão de que a aurora se filtrava entre as persianas e um pouco de claridade da rua se misturava à sombra.

E a luz adentrou o quarto. E outros veículos passaram. E todos os fantasmas da noite se dissiparam.

Então estendi um braço até a mesa, lenta e sorrateiramente. Defronte, nada se mexeu. Marquei com os olhos a dobra da cortina, o lugar preciso onde devia mirar, fiz o cálculo exato dos movimentos que devia executar e, rapidamente, empunhei meu revólver e atirei.

Saltei da cama com um grito de libertação e corri até a cortina. O tecido estava perfurado, a vidraça, partida. Quanto ao homem, não pude atingi-lo... pela simples razão de que não havia ninguém.

Ninguém! Assim, a noite toda eu fora hipnotizado por uma dobra da cortina! E durante esse tempo os malfeitores... Com raiva, num impulso que nada teria detido, girei a chave na fechadura, abri a porta, atravessei o corredor, abri a outra porta e entrei na sala.

Mas um estupor me pregou na entrada, ofegante, atordoado, mais espantado ainda do que ficara com a ausência do homem: nada havia desaparecido. Todas as coisas que eu supunha roubadas, móveis, quadros, velhos veludos e velhas sedas, tudo estava no seu lugar!

Espetáculo incompreensível! Eu não acreditava em meus olhos! Mas aquela bagunça, aqueles ruídos de coisas arrastadas? Dei a volta pela peça, inspecionei as paredes, fiz um inventário de todos aqueles objetos que eu conhecia tão bem. Nada faltava! E o mais desconcertante é que tampouco nada revelava a passagem dos malfeitores, nenhum sinal, nenhuma cadeira fora de lugar, nenhuma marca de passos.

– Vejamos, vejamos – disse a mim mesmo, pegando a cabeça com as duas mãos –, será que estou ficando louco? Ouvi claramente!...

Em cada centímetro quadrado, com os procedimentos de investigação mais minuciosos, examinei a sala. Em vão. A menos que eu considerasse isso como uma descoberta... Debaixo de um pequeno tapete persa, posto ao chão, juntei uma carta, uma carta de baralho. Era um sete de copas, semelhante a todos os sete de copas dos baralhos franceses, mas que reteve minha atenção por um detalhe bastante curioso. Na extremidade de cada uma das sete marcas vermelhas em forma de coração havia um buraco, um buraco redondo e regular que a ponta de um prego teria feito.

Eis tudo. Uma carta de baralho e uma carta encontrada num livro. Fora isso, nada. Era o bastante para afirmar que nem tudo fora um sonho?

Ao longo do dia prossegui minhas investigações na sala. Era uma peça ampla, desproporcional com a exiguidade do sobrado, e cuja ornamentação atestava o gosto bizarro de quem a concebera. O piso era feito de um mosaico com pequenas peças multicoloridas que formavam largos desenhos simétricos. O mesmo mosaico cobria as paredes em forma de painéis: alegorias pompeanas, composições bizantinas, afrescos da Idade Média. Um Baco escarranchado sobre um tonel. Um imperador coroado de ouro, com barba florida, segurando uma espada na mão direita.

Bem no alto, um pouco à maneira de um ateliê, abria-se a única e ampla janela. Como essa janela sempre ficava aberta à noite, era provável que os homens tivessem passado por ali, com o auxílio de uma escada. Mas também aí não havia certeza alguma. Os montantes da escada deveriam ter deixado marcas na terra do pátio, e não havia marcas. A grama do terreno baldio que cercava o sobrado deveria estar pisada, e não estava.

Confesso que não tive sequer a ideia de procurar a polícia, a tal ponto eram inconsistentes e absurdos os fatos que eu teria de expor. Teriam rido de mim. Mas dois dias depois era o dia da minha crônica no *Gil Blas*, onde eu então escrevia. Obcecado por minha aventura, relatei-a nessa crônica.

O artigo não passou despercebido, mas vi que não o levaram muito a sério, que o consideraram mais como uma fantasia do que como uma história real. Os Saint-Martin zombaram de mim. Mas Daspry, que tinha certa competência no assunto, veio me ver, pediu que eu explicasse o caso e o estudou... sem mais sucesso, aliás.

Numa das manhãs seguintes, porém, a campainha do sobrado soou, e Antoine veio me avisar que um senhor queria falar comigo. Não quis dar seu nome. Mandei que o fizesse subir.

Era um homem de uns quarenta anos, cabelos castanhos, rosto enérgico, e cujas roupas, limpas mas um tanto gastas, indicavam um cuidado de elegância que contrastava com maneiras um pouco vulgares.

Sem preâmbulo, ele me disse – com uma voz rude que me confirmou a situação social do indivíduo:

– Senhor, em viagem, num café, pus os olhos no *Gil Blas*. Li seu artigo. Ele me interessou... muito.

— Eu lhe agradeço.
— E voltei.
— Ah!
— Sim, para falar com o senhor. Todos os fatos que contou são exatos?
— Absolutamente exatos.
— Não há um só que seja invenção?
— Nenhum.
— Nesse caso, eu teria talvez informações a lhe dar.
— Eu o escuto.
— Não.
— Como não?
— Antes de falar, preciso verificar se elas são corretas.
— E para verificá-las?
— Preciso ficar sozinho nesta peça.

Olhei-o com surpresa.

— Não estou entendendo muito bem...
— É uma ideia que tive ao ler seu artigo. Certos detalhes estabelecem uma coincidência realmente extraordinária com outra aventura que o acaso me revelou. Se estiver enganado, prefiro guardar silêncio. E o único meio de saber é ficar aqui a sós...

O que havia por trás dessa proposta? Mais tarde lembrei que, ao formulá-la, o homem tinha um ar inquieto, uma expressão de ansiedade na fisionomia. Mas, na hora, embora um pouco espantado, nada encontrei de particularmente anormal no pedido. E a curiosidade dele me estimulava.

Respondi:

— Certo. Quanto tempo vai precisar?
— Ah! Não mais do que três minutos. Daqui a três minutos irei vê-lo.

Saí da peça. Embaixo, olhei meu relógio. Um minuto se passou. Dois minutos... Por que me sentia tão oprimido?

Por que esses instantes me pareciam mais solenes do que outros?

Dois minutos e meio... Dois minutos e três quartos... E, de repente, um tiro soou.

Subi os degraus da escada aos pulos e entrei. Um grito de horror me escapou.

No meio da sala jazia o homem, imóvel, deitado sobre o lado esquerdo. Sangue escorria do seu crânio, misturado com pedaços de cérebro. Junto a seu punho, um revólver, ainda fumegante.

Uma convulsão o agitou, e foi tudo.

Mas, pior ainda que esse espetáculo terrível, uma coisa me impressionou, uma coisa que me fez não chamar por socorro em seguida e não me ajoelhar para ver se o homem ainda respirava. A dois passos dele, no chão, havia um sete de copas!

Peguei-o. As sete pontas das sete marcas vermelhas estavam perfuradas...

Meia hora depois, o delegado de polícia de Neuilly chegou, depois o médico-legista e o chefe da Polícia Judiciária, sr. Dudouis. Evitei tocar no cadáver, para nada alterar quanto às primeiras constatações.

Elas foram breves, tanto mais breves quanto de início nada se descobriu, ou pouca coisa. Nos bolsos do morto nenhum documento, nas roupas nenhum nome, nenhuma inicial na camisa. Em suma, nenhuma indicação capaz de fornecer sua identidade. E a sala continuava na mesma ordem que antes. Os móveis não haviam sido mexidos e os objetos conservavam sua antiga posição. No entanto, esse homem não viera à minha casa com a única intenção de se matar, ou porque julgasse meu domicílio mais conveniente do que outro para o suicídio! Deve ter havido um motivo que determinou esse ato de desespero, e que esse motivo resultasse de um fato novo, por ele constatado durante os três minutos em que ficou a sós.

Que fato? O que ele vira ou surpreendera? Que segredo assustador havia penetrado? Nenhuma suposição era possível.

Mas, no último momento, ocorreu um incidente que nos pareceu de um interesse considerável. Quando dois agentes se abaixavam para levantar o cadáver e colocá-lo numa padiola, eles viram que a mão esquerda, até então fechada e crispada, distendeu-se e um cartão de visita, todo amassado, caiu.

O cartão dizia: *Georges Andermatt, 37, Rue de Berri.*

O que isso significava? Georges Andermatt era um grande banqueiro de Paris, fundador e presidente do Comptoir des Métaux, uma agência de crédito que deu grande impulso às indústrias metalúrgicas da França. Era um homem muito rico, que tinha carruagem, automóvel, cavalos de corrida. Suas recepções eram muito frequentadas e citava-se a sra. Andermatt por sua graça e beleza.

– Seria o nome do morto? – murmurei.

O chefe da Polícia Judiciária se inclinou:

– Não é ele. O sr. Andermatt é um homem pálido e um pouco grisalho.

– Mas então por que esse cartão?

– Tem telefone, senhor?

– Sim, no corredor. Acompanhe-me.

Ele procurou na lista e discou o número 415-21.

– O sr. Andermatt está? Diga-lhe que o sr. Dudouis lhe pede para vir com a maior urgência ao Boulevard Maillot, 102.

Vinte minutos mais tarde, o sr. Andermatt descia do seu automóvel. Expuseram-lhe as razões que exigiam sua intervenção, depois o levaram até junto ao cadáver.

Ele teve um segundo de emoção, contraiu o rosto e pronunciou em voz baixa, como se falasse contra a vontade:

– Etienne Varin.

– O senhor o conhece?

– Não... ou melhor, sim... mas de vista apenas. O irmão dele...

– Ele tem um irmão?

– Sim, Alfred Varin... Ele veio um tempo atrás tratar de negócios... Não lembro mais a propósito de quê...

– Onde ele mora?

– Os dois irmãos moravam juntos... na Rue de Provence, eu acho.

– E não imagina a razão pela qual este se matou?

– De modo nenhum.

– No entanto o cartão que ele segurava... é um cartão com seu endereço!

– Não compreendo. Trata-se evidentemente de um acaso que a investigação nos explicará.

Mesmo assim um acaso bastante curioso, pensei, e senti que todos tiveram a mesma impressão.

Essa impressão lia-se nos jornais do dia seguinte e era a de todos os amigos a quem narrei a aventura. Em meio aos mistérios que a complicavam, após a dupla descoberta, tão desconcertante, do sete de copas sete vezes perfurado, após os dois acontecimentos enigmáticos de que minha casa fora o palco, esse cartão de visita parecia enfim prometer um pouco de luz. Através dele se chegaria à verdade.

Mas, contrariamente às previsões, o sr. Andermatt não forneceu qualquer indicação.

– Eu disse o que sabia – ele repetiu. – O que querem mais? Sou o primeiro a ficar estupefato com o fato de que o cartão tenha sido encontrado aí, e espero como todo mundo que este ponto seja esclarecido.

Não foi. O inquérito estabeleceu que os irmãos Varin, suíços de origem, levavam sob nomes diferentes uma vida bastante movimentada, frequentavam casas de jogos, tinham contatos com um bando de estrangeiros do qual a polícia se ocupava e que se dispersou após uma série de assaltos, nos quais a participação deles não chegou a ser provada. Na Rue de Provence, 24, onde os irmãos Varin haviam de fato morado seis anos antes, ninguém sabia do paradeiro deles.

Confesso que, de minha parte, esse caso me parecia tão confuso que eu pouco acreditava na possibilidade de uma solução e procurava não pensar mais nele. Mas Jean Daspry, que eu via muito nessa época, ao contrário, se apaixonava cada dia mais.

Foi ele que me assinalou esta notícia de um jornal estrangeiro que toda a imprensa reproduziu e comentou:

Em presença do imperador, e num local que será mantido em segredo até o último minuto, serão realizados os primeiros testes de um submarino que deve revolucionar as condições futuras da guerra naval. Uma indiscrição nos revelou o nome desse submarino: chama-se o Sete de copas.

Sete de copas? Tratava-se de uma coincidência? Ou haveria uma ligação entre o nome desse submarino e os incidentes de que falamos? Mas ligação de que natureza? O que aconteceu aqui não podia ter ligação alguma com o que acontecia noutro país.

– Como sabe? – disse-me Daspry. – Efeitos os mais díspares provêm com frequência de uma causa única.

Dois dias depois, chegava-nos outra notícia:

Afirma-se que o projeto do Sete de copas, o submarino cujos testes vão se realizar, foi executado por engenheiros franceses. Esses engenheiros, tendo solicitado em vão o apoio de seus compatriotas, teriam se dirigido a seguir, sem mais sucesso, ao almirantado inglês. Damos essas notícias sob a maior reserva.

Não ouso insistir sobre fatos de natureza extremamente delicada e que provocaram, como todos lembram, uma considerável emoção. No entanto, estando afastado qualquer perigo de complicação, devo falar do artigo do *Echo de France* que teve então grande repercussão e que lançou sobre o caso do Sete de copas, como era chamado, algumas luzes... confusas.

Eis aqui o artigo, tal como foi publicado com a assinatura de Salvator:

O CASO DO SETE DE COPAS: UMA PONTA DO VÉU LEVANTADA.
Seremos breves. Há dez anos, um jovem engenheiro de minas, Louis Lacombe, desejando dedicar seu tempo e sua fortuna aos estudos que fazia, pediu demissão e alugou, no Boulevard Maillot, 102, um pequeno sobrado que um conde italiano fizera recentemente construir e decorar. Por intermédio de dois indivíduos de Lausanne, os irmãos Varin, um dos quais o assistia em suas experiências enquanto o outro buscava patrocinadores, ele entrou em contato com o sr. Georges Andermatt, que acabava de fundar uma cooperativa de metalurgia.

Após vários encontros, conseguiu interessá-lo num projeto de submarino no qual trabalhava, e ficou acertado que, tão logo a invenção estivesse pronta, o sr. Andermatt usaria de sua influência para obter do ministério da Marinha uma série de testes.

Durante dois anos, Louis Lacombe frequentou assiduamente a mansão de Andermatt e submeteu ao banqueiro os aperfeiçoamentos que fazia no projeto, até o dia em que, satisfeito com seu trabalho e tendo encontrado a fórmula definitiva que buscava, pediu ao sr. Andermatt que saísse em campanha.

Nesse dia, Louis Lacombe jantou na casa dos Andermatt. Retirou-se por volta das onze e meia da noite. Desde então não foi mais visto.

Relendo os jornais da época, veríamos que a família do jovem acionou a justiça e que a Polícia Judiciária se preocupou. Mas não se chegou a nenhuma certeza, e foi em geral admitido que Louis Lacombe, tido como um rapaz original e caprichoso, partira em viagem sem avisar ninguém.

Aceitemos essa hipótese... inverossímil. Mas uma questão se coloca, fundamental para o nosso país: o que foi feito dos planos do submarino? Louis Lacombe os levou consigo? Foram destruídos?

Da investigação muito séria que fizemos, resulta que esses planos existem. Estavam nas mãos dos irmãos Varin. De que maneira? Ainda não pudemos verificar, assim como não sabemos por que eles não tentaram vendê-los. Temiam que lhes perguntassem como os obtiveram? Em todo caso, esse temor não persistiu, e podemos com toda a certeza afirmar o seguinte: os planos de Louis Lacombe são propriedade de uma potência estrangeira, e temos condições de publicar a correspondência trocada a esse respeito entre os irmãos Varin e o representante dessa potência. Atualmente, o Sete de copas imaginado por Louis Lacombe está sendo produzido por nossos vizinhos.

Responderá a realidade às previsões otimistas dos que se envolveram nessa traição? Temos razões para esperar o contrário e queremos crer que esse acontecimento não enganará ninguém.

Um pós-escrito acrescentava:

Notícia de última hora que aguardávamos. Temos acesso a informações que nos permitem anunciar que os testes do Sete de copas não foram satisfatórios. É muito provável que nos planos entregues pelos irmãos Varin faltasse o último documento levado por Louis Lacombe ao sr. Andermatt na noite do seu desaparecimento, documento indispensável para a compreensão total do projeto, espécie de resumo com as conclusões definitivas, as avaliações e as medidas contidas nos outros papéis. Sem esse documento, os planos são imperfeitos; do mesmo modo, sem os planos o documento é inútil.
Portanto, ainda há tempo de agir e de retomar o que nos pertence. Para essa tarefa bastante difícil, contamos muito com a assistência do sr. Andermatt. Ele deve explicar, desde o início, sua conduta inexplicável. Deve dizer não apenas por que não contou o que sabia no momento do suicídio de Etienne Varin, mas também por que nunca revelou o desaparecimento dos papéis dos quais tinha conhecimento. Deve dizer por que, nos últimos seis anos, mandou vigiar os irmãos Varin por agentes pagos.
Esperamos dele, não palavras, mas atos. Caso contrário...

A ameaça era brutal. Mas em que consistia? Que meios de intimidação contra Andermatt possuía Salvator, o autor... anônimo do artigo?

Uma multidão de repórteres assaltou o banqueiro, e dez entrevistas exprimiram o desdém com que ele respondeu à intimação. A isso, o correspondente do *Echo de France* reagiu com estas poucas palavras:

Queira ou não, o sr. Andermatt é a partir de agora nosso colaborador na obra que empreendemos.

No dia em que foi publicada essa réplica, Daspry e eu jantávamos juntos. Ao anoitecer, com os jornais abertos em cima da mesa, discutíamos o caso e o examinávamos sob todos os aspectos, com a irritação de quem se sente andar indefinidamente na sombra e deparar sempre com os mesmos obstáculos.

E de repente, sem que meu empregado me avisasse, sem que a campainha tivesse tocado, a porta se abriu e uma dama entrou, coberta de um espesso véu.

Levantei-me em seguida e fui em direção a ela, que me disse:

– É o senhor que mora aqui?
– Sim, madame, mas lhe confesso...
– O portão da rua não estava fechado – ela explicou.
– Mas a porta de entrada?

Não respondeu e pensei que ela devia ter dado a volta e subido pela escada de serviço. Conhecia então o caminho?

Houve um silêncio um pouco embaraçado. Ela olhou para Daspry. Involuntariamente, como se estivesse num salão, o apresentei. Depois pedi que ela se sentasse e me explicasse o motivo da visita.

Ela retirou o véu e vi que tinha os cabelos castanhos, um rosto regular e, se não era belíssima, tinha ao menos um imenso charme que provinha sobretudo dos olhos, sérios e sofridos.

Ela disse simplesmente:
– Sou a sra. Andermatt.
– Sra. Andermatt! – repeti, cada vez mais espantado.

Novo silêncio, e ela retomou com uma voz calma e um ar mais tranquilo:

– Venho a propósito desse caso... que o senhor conhece. Pensei que poderia talvez obter junto ao senhor algumas informações...

– Minha senhora, não sei nada além do que dizem os jornais. Queira explicar de que forma lhe posso ser útil.

– Não sei... não sei...

Somente então tive a intuição de que sua calma era aparente e ocultava, debaixo daquele ar de segurança perfeita, uma grande perturbação. Ficamos calados e ambos constrangidos.

Mas Daspry, que não havia cessado de observá-la, aproximou-se e lhe disse:

– A senhora permite que eu lhe faça algumas perguntas?

– Ah! Sim – ela exclamou –, desse modo falarei.

– Responderá... quaisquer que forem as perguntas?

– Quaisquer que forem.

Ele refletiu e disse:

– A senhora conhece Louis Lacombe?

– Sim, por meio do meu marido.

– Quando o viu pela última vez?

– Na noite em que jantou em nossa casa.

– Naquela noite, alguma coisa a fez pensar que não o veria mais?

– Não. Ele fez alusão a uma viagem à Rússia, mas muito vaga.

– Esperava então revê-lo.

– Dois dias depois, no jantar.

– E como explica esse desaparecimento?

– Não o explico.

– E o sr. Andermatt?

– Ignoro.

– No entanto...

– Não me interrogue sobre isso.

– O artigo do *Echo de France* parece dizer...
– O que ele parece dizer é que os irmãos Varin não são alheios a esse desaparecimento.
– É também sua opinião?
– Sim.
– Em que baseia sua convicção?
– Ao nos deixar, Louis Lacombe levava uma pasta contendo todos os papéis relativos a seu projeto. Dois dias depois, houve entre meu marido e um dos irmãos Varin, o que está vivo, uma conversa na qual meu marido teve a prova de que esses papéis estavam em posse dos dois irmãos.
– E ele não os denunciou?
– Não.
– Por quê?
– Porque na pasta havia outra coisa além dos papéis de Louis Lacombe.
– O quê?

Ela hesitou, esteve a ponto de responder, mas ficou em silêncio. Daspry continuou:
– Era esse então o motivo por que seu marido, sem avisar a polícia, fazia vigiar os dois irmãos. Ele esperava ao mesmo tempo recuperar os papéis e essa coisa... comprometedora através da qual os dois irmãos exercem contra ele uma espécie de chantagem.
– Contra ele... e contra mim.
– Ah! Contra a senhora também?
– Contra mim principalmente.

Ela articulou as três últimas palavras com uma voz abafada. Daspry a observou, andou alguns passos e, voltando-se para ela:
– A senhora escrevia a Louis Lacombe?
– Sim... meu marido mantinha contato com ele...
– Além das cartas oficiais, escreveu a Louis Lacombe... outro tipo de cartas? Desculpe-me a insistência, mas é

indispensável que eu saiba toda a verdade. Escreveu outro tipo de cartas?

Muito corada, ela murmurou:

– Sim.

– E são essas cartas que os irmãos Varin tinham?

– Sim.

– Então o sr. Andermatt sabe.

– Ele não as viu, mas Alfred Varin lhe revelou a existência delas, ameaçando publicá-las se meu marido agisse contra eles. Meu marido teve medo... recuou diante do escândalo.

– No entanto ele fez de tudo para arrancar essas cartas deles.

– Fez de tudo... mas a partir dessa última conversa com Alfred Varin, e após algumas palavras violentas pelas quais exigiu de mim satisfações, não houve mais entre mim e meu marido nenhuma intimidade, nenhuma confiança. Vivemos como dois estranhos.

– Nesse caso, se não tem nada a perder, qual o seu receio?

– Por mais indiferente que eu tenha me tornado aos olhos dele, sou aquela que ele amou, que poderia ainda amar... Ah! Estou certa disso – ela murmurou com uma voz ardente –, ele ainda teria me amado se não tivesse se apoderado daquelas malditas cartas...

– Então ele conseguiu!... Mas os dois irmãos não desconfiavam?

– Sim, parece até que se orgulhavam de ter um esconderijo seguro.

– E então?...

– Tenho motivos para pensar que meu marido descobriu esse esconderijo!

– Não diga! E onde fica?

– Aqui.

Estremeci.

– Aqui?!

– Sim, e foi o que sempre suspeitei. Louis Lacombe, muito engenhoso, apaixonado por mecânica, divertia-se, nas horas vagas, em confeccionar cofres e fechaduras. Os irmãos Varin devem ter descoberto e, posteriormente, utilizado um desses esconderijos para esconder as cartas... e certamente outras coisas também.

– Mas eles não moravam aqui! – exclamei.

– Até sua chegada, quatro meses atrás, este sobrado ficou desocupado. Portanto, é provável que eles voltassem aqui e, além disso, devem ter pensado que sua presença não os atrapalharia no dia em que precisassem retirar todos os papéis. Mas eles não contavam com meu marido que, na noite de 22 a 23 de junho, forçou o cofre e pegou... o que procurava, deixando seu cartão para mostrar claramente aos dois irmãos que nada mais tinha a temer deles e que a situação se invertera. Dois dias depois, advertido pelo artigo do *Gil Blas*, Etienne Varin veio, muito ansioso, até sua casa, ficou sozinho nesta sala, encontrou o cofre vazio e se matou.

Após um instante, Daspry perguntou:

– É uma simples suposição, não é? O sr. Andermatt lhe disse alguma coisa?

– Não.

– A atitude dele em relação à senhora não mudou? Ele não lhe pareceu mais taciturno, mais preocupado?

– Não.

– E acha que aconteceria isso se ele tivesse encontrado as cartas? Para mim, ele não as pegou. Para mim, não foi ele que entrou aqui.

– Mas quem então?

– O personagem misterioso que conduz este caso, que manipula todos os fios e que o dirige para um objetivo que podemos apenas entrever em meio a tantas complicações, o personagem misterioso do qual se percebe a ação visível e todo-poderosa desde a primeira hora. Foi ele, com seus amigos, que entrou neste sobrado em 22 de junho, foi ele que descobriu o esconderijo, foi ele que deixou o cartão do sr. Andermatt, é ele que detém a correspondência e as provas da traição dos irmãos Varin.

– Ele quem? – interrompi, não sem impaciência.

– Ora, o correspondente do *Echo de France*, esse Salvator! Não é de uma evidência ofuscante? Não dá ele no artigo detalhes que somente quem penetrou os segredos dos dois irmãos pode conhecer?

– Nesse caso – balbuciou a sra. Andermatt, com pavor –, ele tem também minhas cartas, e agora é ele que ameaça meu marido! O que fazer, meu Deus?

– Escrever-lhe – declarou categoricamente Daspry –, confessar-se a ele sem rodeios, contar-lhe tudo o que sabe e tudo o que pode informar.

– Que está dizendo?!

– Seu interesse é o mesmo que o dele. Não há dúvida alguma de que ele age contra o sobrevivente dos dois irmãos. Não é contra o sr. Andermatt que trama, mas contra Alfred Varin. Ajude-o.

– De que maneira?

– Seu marido tem o documento que completa e permite utilizar os planos de Louis Lacombe?

– Sim.

– Avise Salvator. Se necessário, trate de fornecer-lhe esse documento. Em suma, entre em contato com ele. O que a senhora arrisca?

O conselho era ousado, perigoso mesmo à primeira vista; mas a sra. Andermatt praticamente não tinha escolha. Assim, como disse Daspry, o que ela arriscava? Se o desconhecido fosse um inimigo, essa atitude não agravaria a situação. Se fosse um estrangeiro que persegue um objetivo particular, ele daria a essas cartas uma importância secundária.

Seja como for, era uma ideia, e a sra. Andermatt, na sua confusão, ficou feliz de aderir a ela. Agradeceu-nos com efusão e prometeu manter-nos informados.

Dois dias depois, de fato, ela nos enviava este bilhete que recebera em resposta:

As cartas não estavam lá. Mas eu as terei, fique tranquila. Cuido de tudo. S.

Peguei o papel. Era a escrita do bilhete que haviam introduzido no meu livro de cabeceira, na noite de 22 de junho.

Portanto, Daspry tinha razão, Salvator era mesmo o grande organizador desse caso!

Na verdade, começávamos a discernir algumas luzes em meio às trevas que nos cercavam, e alguns pontos se esclareciam de forma inesperada. Mas quantos outros permaneciam obscuros, como a descoberta dos dois sete de copas! Eu, pelo menos, voltava sempre a esse ponto, talvez mais intrigado do que devia ficar por essas duas cartas cujas sete figurinhas perfuradas tanto me impressionaram em circunstâncias tão perturbadoras. Que papel elas desempenhavam no drama? Que importância se devia atribuir a elas? Que conclusão tirar do fato de o submarino construído conforme os planos de Louis Lacombe ter o nome *Sete de copas*?

Daspry pouco se ocupava com isso, inteiramente voltado ao estudo de outro problema cuja solução lhe parecia mais urgente: ele buscava incansavelmente o tal esconderijo.

– Quem sabe – ele disse – eu encontre aqui as cartas que Salvator não encontrou... por descuido talvez. É difícil crer que os irmãos Varin tenham retirado, de um lugar que supunham inacessível, a arma que sabiam ter um grande valor.

E ele procurava. Quando a ampla sala nada mais pôde revelar, estendeu as investigações a todas as outras peças do sobrado: pesquisou o interior e o exterior, examinou as pedras e os tijolos das paredes, levantou as ardósias do telhado.

Um dia, chegou com uma pá e uma picareta, entregou-me a pá, ficou com a picareta e, apontando o terreno baldio, falou:

– Vamos lá!

Acompanhei-o sem entusiasmo. Ele dividiu o terreno em várias seções que inspecionou sucessivamente. Num canto, no ângulo formado pelos muros de duas propriedades vizinhas, um amontoado de restos de construção e caixotes, cobertos de arbustos e ervas, chamou sua atenção. Ele começou a cavar ali.

Tive de ajudá-lo. Durante uma hora, em pleno sol, penamos inutilmente. Mas quando, sob as pedras afastadas, chegamos ao solo e passamos a cavoucá-lo, a picareta de Daspry pôs a descoberto ossadas, um resto de esqueleto em torno do qual se desfiavam pedaços de roupas.

E súbito me senti empalidecer. Vi grudada na terra uma pequena placa de ferro, cortada em forma de retângulo e na qual me pareceu distinguir manchas vermelhas. Abaixei-me. Era exatamente isso: a placa tinha as dimensões de uma carta de baralho e as manchas vermelhas, de um vermelho zarcão roído em alguns pontos, eram em sete, dispostas como as sete figuras de um sete de copas, cada uma delas perfuradas na extremidade.

– Escute, Daspry, estou farto dessas histórias. Faça como quiser, se está interessado nelas. De minha parte, desisto.

Não sei se foi a emoção ou a fadiga de um trabalho executado sob um sol forte, o fato é que cambaleei quando ia embora e tive de ir para a cama, onde fiquei 48 horas, ardendo de febre, delirando com esqueletos que dançavam a meu redor e brincavam com corações sanguinolentos.

Daspry me fez companhia. Todo dia ficava três ou quatro horas comigo, as quais passava, é verdade, na sala, examinando, dando leves batidas aqui e ali.
– As cartas estão nessa peça – ele vinha dizer-me de tempo em tempo –, estão aí, ponho a mão no fogo.
– Deixe-me em paz – eu respondia, horripilado.
Na manhã do terceiro dia me levantei, ainda bastante fraco, mas curado. Um desjejum substancial repôs minhas energias. E uma mensagem recebida por volta das cinco da tarde contribuiu ainda mais para o meu completo restabelecimento, ao atiçar de novo, apesar de tudo, minha curiosidade.

A mensagem continha estas palavras:

Senhor,
O drama, cujo primeiro ato se passou na noite de 22 a 23 de junho, chega a seu desfecho. Como a força das coisas exige colocar frente a frente os dois principais personagens desse drama e realizar esse confronto em sua casa, eu lhe serei infinitamente grato se me emprestar seu domicílio na noite de hoje. É conveniente que, das nove às onze horas, seu empregado esteja ausente, e é preferível que o senhor mesmo faça a extrema gentileza de deixar o campo livre aos adversários. Deve ter notado, na noite de 22 a 23 de junho, que respeitei com o maior escrúpulo tudo que lhe pertence. De minha parte, eu lhe faria uma injúria se duvidasse um só instante de sua absoluta discrição em relação ao que lhe peço.

Seu devotado,
Salvator.

Havia nessa missiva um tom de ironia cortês e, no pedido que era feito, uma fantasia tão graciosa que me deliciei. Havia uma encantadora desenvoltura e meu correspondente parecia seguro da minha concordância. Por nada no mundo eu o decepcionaria ou responderia à sua confiança com ingratidão.

Às oito da noite, meu empregado, a quem ofereci um ingresso de teatro, acabara de sair quando Daspry chegou. Mostrei-lhe a mensagem recebida.

– E então? – ele me disse.
– Então deixarei o portão do jardim aberto, a fim de que possam entrar.
– E você, sairá?
– De jeito nenhum!
– Mas se lhe pediram...
– Pediram-me discrição. Serei discreto. Mas faço questão absoluta de ver o que se passará.

Daspry pôs-se a rir.
– Tem razão, e vou ficar também. Imagino que não haverá problema.

Um toque de campainha o interrompeu.
– Já estão aí? – ele murmurou. – Vinte minutos adiantados. Impossível!

Do corredor puxei a corda que abre o portão. Uma silhueta de mulher atravessou o jardim: a sra. Andermatt.

Parecia agitada e foi quase sem ar que balbuciou:
– Meu marido... ele vem... tem um encontro marcado... ficaram de lhe dar as cartas...
– Como a senhora sabe? – perguntei.
– Um acaso. Uma mensagem que meu marido recebeu durante o jantar.
– Um telegrama?
– Uma mensagem telefônica por escrito. O empregado me entregou por engano. Mau marido logo a pegou, mas tarde demais... eu li.

– E leu...

– Mais ou menos o seguinte: *Às nove horas, hoje à noite, esteja no Boulevard Maillot com os documentos relativos ao caso. Em troca, as cartas.* Depois do jantar, subi ao meu quarto e em seguida saí de casa.

– Sem o sr. Andermatt saber?

– Sim.

Daspry me olhou.

– O que pensa disso?

– Penso o que você está pensando, que o sr. Andermatt é um dos adversários convocados.

– Por quem? E com que finalidade?

– É precisamente o que vamos saber.

Conduzi-os até a sala.

Resolvemos ficar os três sob o vão da lareira, escondidos atrás de uma cortina de veludo. Ali nos instalamos. A sra. Andermatt sentou-se entre nós dois. Pelas frestas da cortina podíamos ver a peça inteira.

Soaram nove horas. Alguns minutos depois o portão do jardim rangeu.

Confesso que me sentia um pouco angustiado e que uma nova febre me excitava. Estava prestes a conhecer a chave do enigma! A aventura desconcertante cujas peripécias se desenrolavam diante de mim havia semanas ia finalmente adquirir seu verdadeiro sentido, e seria diante dos meus olhos que se travaria a batalha.

Daspry pegou a mão da sra. Andermatt e murmurou:

– Não faça nenhum movimento! Não importa o que ouça ou veja, permaneça impassível.

Alguém entrou. E reconheci de imediato, pela grande semelhança com Etienne Varin, seu irmão, Alfred. O mesmo andar pesado, o mesmo rosto terroso coberto pela barba.

Entrou com o ar inquieto de um homem habituado a temer emboscadas ao redor, que as fareja e as evita. Com um rápido olhar inspecionou a peça e tive a impressão de que a lareira ocultada por uma cortina de veludo não lhe agradava. Deu três passos em nossa direção. Mas algo mais imperioso o fez mudar de ideia, pois ele desviou para a parede onde havia o mosaico do velho rei de barba florida, com uma espada flamejante, e o examinou longamente, seguindo com o dedo o contorno dos ombros e do rosto, e apalpando algumas partes da imagem.

Bruscamente saltou da cadeira e se afastou da parede. Ouviu-se um ruído de passos. Na porta apareceu o sr. Andermatt.

O banqueiro deu um grito de surpresa.

– Você! Foi você que me chamou?

– Eu? Em absoluto – protestou Varin com uma voz rachada que lembrou a do irmão –, foi sua carta que me fez vir.

– Minha carta?

– Uma carta assinada pelo senhor, na qual me oferece...

– Eu não lhe escrevi!

– Não me escreveu?

Instintivamente Varin se pôs em guarda, não contra o banqueiro, mas contra o inimigo desconhecido que o atraíra a essa armadilha. Pela segunda vez, seus olhos se voltaram para o nosso lado e rapidamente ele caminhou em direção à porta.

O sr. Andermatt lhe barrou a passagem.

– O que está fazendo, Varin?

– Alguma coisa aqui não me agrada. Vou embora. Boa noite.

– Um instante!

– Vamos, sr. Andermatt, não insista, nada temos a nos dizer!

– Temos muito a nos dizer, sim, e a ocasião é muito boa...

– Deixe-me passar.

– Não e não, o senhor não passará!

Varin recuou, intimidado pela atitude decidida do banqueiro, e murmurou:

– Então conversemos, depressa, para acabar logo com isso.

Uma coisa me espantava, e não duvidei de que meus dois companheiros sentiam a mesma decepção. Como era possível que Salvator não estivesse presente? Não estava nos seus planos intervir? O simples confronto do banqueiro e de Varin lhe bastava? Eu estava bastante perturbado. Em razão de sua ausência, esse duelo, por ele combinado e desejado, tomava o aspecto trágico de acontecimentos que a ordem rigorosa do destino suscita e comanda, e a força que impelia os dois homens um contra o outro impressionava ainda mais por se achar fora deles.

Após um momento, o sr. Andermatt aproximou-se de Varin e, olhando-o bem nos olhos, disse:

– Agora que os anos passaram e você nada mais tem a temer, responda-me francamente, Varin: o que fez de Louis Lacombe?

– Boa pergunta! Como se eu pudesse saber o que foi feito dele!

– Você sabe! Você sabe! Você e seu irmão seguiam os passos dele, quase viviam na casa dele, nesta mesma casa onde estamos. Estavam a par de todos os trabalhos, de todos os projetos dele. E na última noite, Varin, quando acompanhei Louis Lacombe até a porta de minha casa, vi duas silhuetas que se esquivavam na penumbra. Posso jurar que vi.

– E daí, mesmo que possa jurar?
– Eram seu irmão e você, Varin.
– Prove.
– A melhor prova é que, dois dias mais tarde, você mesmo me mostrou os papéis e os planos que recolheu da pasta de Lacombe, propondo vendê-los a mim. Como esses papéis chegaram às suas mãos?
– Eu lhe disse, sr. Andermatt, nós os encontramos em cima da mesa de Louis Lacombe, na manhã seguinte após seu desaparecimento.
– Não é verdade.
– Prove.
– A Justiça poderia ter provado.
– Por que o senhor não procurou a Justiça?
– Por quê? Ah!...

E calou-se, com o rosto sombrio. O outro prosseguiu:
– Veja, sr. Andermatt, se tivesse a menor certeza, não seria a pequena ameaça que lhe fizemos que teria impedido...
– Que ameaça? As tais cartas? Acha que acreditei nelas um único instante?
– Se não acreditou, por que me ofereceu dinheiro para reavê-las? E por que, depois, mandou nos perseguir como animais, a meu irmão e a mim?
– Para recuperar os planos que eu queria ter.
– Ora, vamos! Foi por causa das cartas. Uma vez de posse delas, o senhor nos denunciaria. Eu estaria mais do que nunca desprotegido.

Deu uma risada, logo interrompida.
– Mas já basta. Não adianta ficarmos repetindo as mesmas palavras, não avançaremos mais. Portanto, deixemos as coisas assim.
– Não deixemos as coisas assim – disse o banqueiro – e, já que falou das cartas, não sairá daqui antes de me devolvê-las.

– Sairei.

– Não!

– Escute, sr. Andermatt, eu lhe aconselho...

– Você não sairá.

– É o que veremos – disse Varin, com tanta raiva que a sra. Andermatt abafou um pequeno grito.

Ele deve ter ouvido, pois quis passar à força. O sr. Andermatt o rechaçou com violência. Então o vi enfiar a mão no bolso do casaco.

– Pela última vez!

– Primeiro as cartas!

Varin puxou um revólver e, mirando no sr. Andermatt:

– Sim ou não?

O banqueiro se abaixou com precisão.

Houve um disparo. A arma caiu.

Fiquei estupefato. O disparo ocorrera perto de mim! E fora Daspry que, com um tiro de pistola, fizera saltar a arma da mão de Varin!

Surgindo subitamente entre os dois adversários, ele encarou Varin, troçando:

– Você teve sorte, meu amigo, muita sorte. Foi a mão que visei, e foi o revólver que atingi.

Os dois o contemplavam, imóveis e confusos. Ele disse ao banqueiro:

– Desculpe por me meter no que não me diz respeito, senhor. Mas realmente o senhor não joga muito bem. Permita-me distribuir as cartas.

E, virando-se para o outro:

– Sua vez, companheiro. E nada de trapaças, certo? O trunfo é copas e jogo o sete.

E pôs-lhe bem junto ao nariz a placa de ferro na qual os sete pontos vermelhos estavam marcados. Nunca havia visto alguém tão desconcertado. Lívido, de olhos arregalados, feições contorcidas de angústia, o homem parecia hipnotizado pela imagem que se oferecia a ele.

– Quem é você? – balbuciou.

– Já disse, alguém que se ocupa do que não lhe diz respeito... mas que se ocupa a fundo.

– O que quer?

– Tudo o que você trouxe.

– Eu não trouxe nada.

– Trouxe, sim, senão não teria vindo. Recebeu esta manhã uma mensagem que o convocava aqui às nove da noite, ordenando-lhe trazer todos os papéis que tivesse. Pois bem, você está aqui. Onde estão os papéis?

Havia na voz e na atitude de Daspry uma autoridade que me desconcertava, uma maneira de agir inteiramente nova nesse homem quase sempre doce e despreocupado.

Completamente dominado, Varin designou um de seus bolsos.

– Os papéis estão aqui.

– Todos eles?

– Sim.

– Todos os que encontrou na pasta de Louis Lacombe e que vendeu ao major von Lieben?

– Sim.

– É a cópia ou o original?

– O original.

– Quanto quer por eles?

– Cem mil.

Daspry pôs-se a rir.

– Você está louco. O major lhe pagou apenas vinte mil. Vinte mil jogados fora, pois os testes falharam.

– Eles não souberam utilizar os planos.

– Os planos estão incompletos.

– Então por que está me pedindo?

– Preciso deles. Ofereço cinco mil francos. Nem um centavo a mais.

– Dez mil. Nem um centavo a menos.

– Concedido.

Daspry virou-se para o sr. Andermatt.

– Queira assinar um cheque, senhor.

– Mas... é que não tenho...

– Seu talão? Aqui está.

Atordoado, o sr. Andermatt apalpou o talão que Daspry lhe estendeu.

– É realmente meu... Como se explica?

– Sem palavras inúteis, caro senhor, só precisa assinar.

O banqueiro pegou sua caneta e assinou. Varin avançou a mão.

– Abaixe a patinha – disse Daspry –, nem tudo está terminado.

E, dirigindo-se ao banqueiro:

– Falou-se também de cartas que o senhor reclamava.

– Sim, um maço de cartas.

– Onde estão, Varin?

– Não sei.

– Onde estão, Varin?

– Ignoro. Foi meu irmão que se encarregou disso.

– Estão escondidas aqui, nesta peça.

– Nesse caso, sabe onde elas estão.

– Como eu saberia?

– Ora, não foi você que visitou o esconderijo? Parece tão bem-informado quanto... Salvator.

– As cartas não estão no esconderijo.

– Estão, sim.

– Então abra-o.

Varin teve um olhar de desconfiança. Daspry e Salvator eram realmente a mesma pessoa, como tudo fazia supor? Se eram, ele não corria risco algum mostrando um esconderijo já conhecido. Caso contrário, era inútil...

– Abra-o – repetiu Daspry.

– Não tenho o sete de copas.

– Que tal este aqui? – disse Daspry, estendendo a placa de ferro.

Varin recuou, apavorado:

– Não... não... não quero...

– Pouco importa.

Daspry dirigiu-se até o velho monarca de barba florida, subiu numa cadeira e aplicou o sete de copas sobre a espada, junto à empunhadura, de modo que as beiradas da placa cobrissem exatamente as duas bordas da espada. Depois, com o auxílio de um prego que introduziu sucessivamente em cada um dos sete buracos, abertos na extremidade das sete figuras de copas, pressionou sete das pequenas pedras do mosaico. Ao pressionar a sétima pedrinha, algo foi acionado e fez o busto do rei girar, revelando uma ampla abertura, disposta como um cofre, com revestimentos de ferro e duas prateleiras de aço brilhante.

– Está vendo, Varin? O cofre está vazio.

– De fato... Então foi meu irmão que retirou as cartas.

Daspry voltou-se para o homem e lhe disse:

– Não banque o astuto comigo. Há outro esconderijo. Onde fica?

– Não há outro.

– É dinheiro que você quer? Quanto?

– Dez mil.

– Sr. Andermatt, essas cartas valem dez mil francos para o senhor?

– Sim – disse o banqueiro com uma voz forte.

Varin fechou o cofre, pegou o sete de copas não sem uma repugnância visível e o aplicou sobre a espada, junto à empunhadura, exatamente no mesmo lugar. Sucessivamente, enfiou o prego na extremidade das sete figuras de copas. De novo um dispositivo foi acionado, mas desta vez, ao contrário do esperado, apenas uma parte do mecanismo girou, revelando um pequeno cofre embutido na espessura mesma da porta que fechava o maior.

O maço de cartas estava ali, preso por um cordão e lacrado. Varin o entregou a Daspry. Este perguntou:

– O cheque está pronto, sr. Andermatt?

– Sim.

– E o senhor tem também o último documento que recebeu de Louis Lacombe e que completa os planos do submarino?

– Sim.

A troca foi feita. Daspry pôs no bolso o documento e o cheque, e ofereceu o maço ao sr. Andermatt.

– Aqui está o que desejava, senhor.

O banqueiro hesitou um momento, como se tivesse medo de tocar aquelas páginas malditas que buscava com tanta avidez. Depois, com um gesto nervoso, apoderou-se delas.

Ouvi um gemido ao meu lado. Peguei a mão da sra. Andermatt: estava gelada.

E Daspry disse ao banqueiro:

– Creio, senhor, que nossa conversa terminou. Sem agradecimentos, por favor. Somente o acaso quis que eu lhe pudesse ser útil.

O sr. Andermatt se retirou. Levava as cartas de sua mulher a Louis Lacombe.

– Maravilha! – exclamou Daspry com um ar encantado –, tudo se arranja pelo melhor. Falta apenas fechar nosso negócio, companheiro. Tem os papéis?

– Aqui estão todos.

Daspry os folheou, os examinou com atenção e os pôs no bolso.

– Perfeito, você cumpriu sua palavra.

– Mas...

– Mas o quê?

– Os dois cheques?... o dinheiro?...

– Está sendo muito atrevido, meu chapa. Como ousa reclamar?

– Reclamo o que me é devido.

– Alguém lhe deve algo por papéis que roubou?

O homem parecia fora de si. Tremia de cólera, os olhos injetados de sangue.

– O dinheiro... os vinte mil... – gaguejou.

– Impossível... Estão destinados a outra coisa.

– O dinheiro!

– Vamos, seja razoável, e deixe seu punhal em paz.

Agarrou-lhe o braço tão brutalmente que o outro berrou de dor, e acrescentou:

– Vá embora, companheiro, o ar lhe fará bem. Quer que eu o reconduza até a porta? Iremos pelo terreno baldio e lhe mostrarei um monte de pedras sob o qual...

– Não é verdade! Não é verdade!

– Sim, é verdade. Esta pequena placa de ferro com sete pontos vermelhos vem de lá. Ela estava sempre com Louis Lacombe, lembra? Você e seu irmão a enterraram com o cadáver... e com outras coisas que interessarão muito à Justiça.

Varin cobriu o rosto com os punhos raivosos. Depois falou:

– Está bem, você me enganou. Não falemos mais disso. Mas eu gostaria de saber uma coisa... só uma palavra...

– Diga.

– Havia nesse cofre, no maior dos dois, uma caixinha?

– Havia.

– Quando veio na noite de 22 a 23 de junho, ela estava ali?

– Estava.

– E continha?...

– Tudo o que os irmãos Varin ali encerraram, uma bela coleção de joias, diamantes e pérolas, recolhidas daqui e dali pelos ditos irmãos.

– E você a pegou?

– É claro! Ponha-se no meu lugar.

– Então... foi ao constatar o desaparecimento da caixinha que meu irmão se matou?

– Provavelmente. O desaparecimento da correspondência de vocês com o major von Lieben não teria sido suficiente. Mas o desaparecimento da caixinha... É tudo o que tinha a me perguntar?

– Mais uma coisa: qual o seu nome?

– Diz isso como se tivesse projetos de vingança.

– Com certeza! A sorte muda. Hoje você é o mais forte. Amanhã...

– Será você.

– Conto com isso. Seu nome?

– Arsène Lupin.

– Arsène Lupin?!

O homem cambaleou, como que atingido por uma paulada. Era como se essas duas palavras lhe retirassem toda esperança. Daspry pôs-se a rir.

– Então imaginava que um sr. Durant ou Dupont poderia ter montado todo esse belo caso? Ora vamos, era preciso pelo menos um Arsène Lupin. E agora que está informado, meu caro, vá preparar sua revanche. Arsène Lupin o espera.

E o empurrou para fora, sem uma palavra mais.

– Daspry, Daspry! – gritei, dando-lhe ainda, sem querer, o nome sob o qual o conheci.

Afastei a cortina de veludo.

Ele acorreu.

– O que houve?

– A sra. Andermatt está passando mal.

Ele tomou providências, a fez respirar sais e, enquanto cuidava dela, me interrogou:

– Então, o que aconteceu?

– As cartas... – eu disse –, as cartas que entregou ao marido dela!

Ele deu um tapa na testa.

– Ela achou que fiz isso... Sim, afinal, podia pensar assim. Como sou imbecil!

A sra. Andermatt, reanimada, o escutava avidamente. Ele tirou do bolso um maço de cartas em tudo semelhante ao que entregara ao sr. Andermatt.

– Aqui estão suas cartas, madame, as verdadeiras.

– Mas... e as outras?

– As outras são as mesmas que estas, mas copiadas por mim e arranjadas com cuidado. Seu marido ficará tão feliz de lê-las que não suspeitará da substituição, pois foram tiradas do cofre diante de seus olhos...

– A caligrafia...

– Não há caligrafia que não se possa imitar.

Ela lhe agradeceu, com as mesmas palavras de gratidão que teria dirigido a um homem do seu meio, e percebi que não deve ter ouvido as últimas frases trocadas entre Varin e Arsène Lupin.

Quanto a mim, eu o olhava com embaraço, não sabendo bem o que dizer a esse amigo que se revelava sob uma luz tão imprevista. Lupin! Meu companheiro de bar e de conversas não era outro senão Lupin! Eu custava a acreditar. Mas ele falou, muito à vontade:

– Pode fazer suas despedidas a Jean Daspry.

– Ah!

– Sim, Jean Daspry parte em viagem. Envio-o ao Marrocos. É bem possível que lá encontre um fim digno dele. Confesso que é essa sua intenção.

– Mas Arsène Lupin fica conosco?

– Mais do que nunca. Arsène Lupin ainda está apenas no começo da carreira e ele espera...

Com um movimento de curiosidade irresistível, me aproximei e o levei até certa distância da sra. Andermatt.

– Então acabou por descobrir o segundo esconderijo, aquele onde se achava o maço de cartas?

– Deu muito trabalho! Descobri ontem à tarde, enquanto você estava deitado. No entanto, só Deus sabe como era fácil! Mas as coisas mais simples são aquelas em que se pensa por último.

E, mostrando-me o sete de copas:

– Adivinhei que para abrir o grande cofre era preciso apoiar esta carta contra a espada do sujeito em mosaico...

– Como adivinhou?

– Foi fácil. Por informações particulares, eu soube, ao vir aqui na noite de 22 de junho...

– Depois de ter me deixado...

– Sim, e depois de tê-lo colocado, por conversas escolhidas, num estado de espírito em que uma pessoa nervosa e impressionável como você fatalmente ficaria, deixando-me agir à vontade, sem sair da cama.

– O raciocínio era correto.

– Eu soube então, ao vir aqui, que havia uma caixinha escondida num cofre com fechadura secreta, e que o sete de copas era a chave, a senha dessa fechadura. Tratava-se apenas de colocar o sete de copas num lugar que lhe fosse visivelmente reservado. Uma hora de exame me bastou.

– Uma hora!

– Observe o sujeito no mosaico.

– O velho imperador?

– Esse velho imperador é a representação exata do rei de copas de todos os baralhos, Carlos Magno.

– De fato... Mas por que o sete de copas abre tanto o cofre grande quanto o pequeno? E por que você abriu de início apenas o cofre grande?

– Por quê? Ora, porque eu insistia em colocar sempre o sete de copas no mesmo sentido. Só ontem, ao virá-lo, isto é, pondo a sétima figura, a do meio, para cima e não para baixo, é que percebi que a disposição dos sete pontos mudava.

– Claro!

– Claro, evidentemente, mas era preciso pensar nisso.

– Outra coisa: você ignorava a história das cartas antes que a sra. Andermatt...

– ...falasse delas diante de mim? Ignorava. No cofre, descobri apenas, além da caixinha, a correspondência dos dois irmãos, correspondência que me pôs na pista de sua traição.

– Então foi por acaso que conseguiu primeiro reconstituir a história dos dois irmãos, para depois buscar os planos e os documentos do submarino?

– Por acaso.

– Mas com que finalidade fez isso?

Daspry me interrompeu, rindo:

– Santo Deus! Como você se interessa por esse caso!

– Ele me apaixona.

– Pois bem, daqui a pouco, quando eu tiver levado a sra. Andermatt de volta para casa e levado ao *Echo de France* a nota que vou escrever, voltarei e falaremos dos detalhes.

Ele se sentou e escreveu uma daquelas notas lapidares nas quais a fantasia do personagem se divertia. Quem não lembra a repercussão que esta teve no mundo inteiro?

Arsène Lupin resolveu o problema recentemente colocado por Salvator. De posse de todos os documentos e planos originais do engenheiro Louis Lacombe, ele os fez chegar às mãos do ministro da Marinha. Nesta ocasião ele abre uma subscrição com o objetivo de oferecer ao Estado o primeiro submarino construído conforme esses planos. E ele próprio encabeça a subscrição com a soma de vinte mil francos.

– Os vinte mil francos dos cheques do sr. Andermatt? – perguntei-lhe, quando me deu o papel para ler.
– Exatamente. É justo que Varin resgate em parte sua traição.

Eis aí como conheci Arsène Lupin. Eis como fiquei sabendo que Jean Daspry, companheiro dos círculos mundanos, não era outro senão Arsène Lupin, ladrão de casaca. Eis como criei laços de amizade muito agradáveis com nosso grande homem, e como fui me tornando aos poucos, graças à confiança com que ele quis me honrar, seu muito humilde, fiel e grato historiógrafo.

VII

O cofre-forte da sra. Imbert

Às três da madrugada, havia ainda meia dúzia de carros diante de uma das pequenas casas que se alinham num dos lados do Boulevard Berthier. A porta dessa casa se abriu. Um grupo de convidados, homens e mulheres, saiu. Os carros partiram à direita e à esquerda e só ficaram na avenida dois senhores que se despediram na esquina da Rue de Courcelles, onde morava um deles. O outro resolveu voltar para casa a pé, seguindo até a Porte Maillot.

Assim ele atravessou a Avenue de Villiers e continuou o caminho na calçada oposta às fortificações. Fazia uma bela noite de inverno, fria, dava prazer caminhar aspirando o ar da noite. O ruído dos passos ressoava alegremente.

Mas, ao cabo de alguns minutos, ele teve a desagradável impressão de que o seguiam. De fato, ao se virar, viu a sombra de um homem que se esgueirava entre as árvores. Ele não era medroso, mas apressou o passo a fim de chegar o mais depressa possível ao posto fiscal de Ternes. Mas o outro se pôs a correr. Bastante inquieto, ele julgou mais prudente enfrentá-lo e pegar seu revólver.

Mas não teve tempo, o homem o atacou violentamente, e logo começou uma luta na avenida deserta, luta corpo a corpo na qual ele sentiu que levava desvantagem. Gritou por socorro, debateu-se e foi derrubado, agarrado pela garganta, amordaçado com um lenço que o adversário lhe enfiou na boca. Seus olhos se fecharam, seus ouvidos zumbiram, e ele estava já perdendo os sentidos quando de repente a pressão cessou, e o homem que o sufocava com seu peso se levantou para se defender, por sua vez, contra um ataque inesperado.

Um golpe de bastão no punho, um pontapé na canela... O homem deu dois gemidos de dor e fugiu, mancando e praguejando.

Sem sair a persegui-lo, o recém-chegado se inclinou e disse:

– Está ferido, senhor?

Ele não estava ferido, mas bastante atordoado e incapaz de ficar de pé. Por sorte, um dos funcionários do posto fiscal, atraído pelos gritos, acorreu. Um carro foi chamado. O senhor se instalou nele, acompanhado do seu salvador, e o conduziram à sua mansão na Avenue de la Grande Armée.

Diante da entrada, já refeito, ele se derramou em agradecimentos.

– Devo-lhe a vida, senhor, acredite que não esquecerei. Não quero assustar minha mulher neste momento, mas faço questão de que ela mesma lhe exprima, a partir de hoje, toda a minha gratidão.

Convidou-o a vir almoçar e lhe disse seu nome: Ludovic Imbert, acrescentando:

– Posso saber com quem tenho a honra...

– Mas certamente – disse o outro.

E se apresentou:

– Arsène Lupin.

Arsène Lupin não tinha então a celebridade que lhe valeram o caso Cahorn, sua fuga da Santé e tantas outras façanhas muito comentadas. Nem mesmo se chamava Arsène Lupin. Esse nome ao qual o futuro reservava tanto brilho foi especialmente imaginado para designar o salvador do sr. Imbert, e pode-se dizer que foi nesse caso que ele teve seu batismo de fogo. Preparado para o combate, é verdade, já bem armado, mas sem os recursos e a autoridade que o sucesso propicia, Arsène Lupin era apenas um aprendiz numa profissão na qual em breve seria mestre.

Assim, que alegria ele sentiu ao despertar, quando lembrou o convite da noite anterior! Por fim alcançava o objetivo! Por fim empreendia uma ação digna de suas forças e de seu talento! Os milhões dos Imbert, que presa magnífica para um apetite como o dele!

Vestiu suas melhores roupas, um casaco e uma calça puídas, um chapéu de seda meio desbotado, punhos de camisa e falso colarinho desfiados, tudo muito limpo, mas cheirando a miséria. Como gravata, uma fita preta presa por um falso diamante. Assim enfeitado, desceu a escada do alojamento que ocupava em Montmartre. No terceiro andar, sem se deter, bateu com a ponta do bastão numa porta fechada. Na rua, tomou o caminho das avenidas periféricas. Passava um bonde. Tomou-o, e um homem que caminhava atrás dele, o locatário do terceiro andar, sentou-se ao seu lado.

Ao cabo de um instante, esse homem lhe disse:
– E então, chefe?
– Tudo arranjado.
– Como assim?
– Vou almoçar lá.
– Almoçar lá?
– Espero que não imagine que perco à toa dias tão preciosos como os meus! Arranquei o sr. Imbert da morte

certa que você lhe reservava. O sr. Ludovic Imbert sabe ser grato. Ele me convidou para almoçar.

Um silêncio, e o outro arriscou:

– Então não desiste?

– Meu caro – disse Arsène –, se maquinei a pequena agressão da noite passada, se me dei ao trabalho, às três da madrugada, ao longo das fortificações, de desferir um golpe de bastão no seu punho e um pontapé em sua canela, com o risco de machucar meu único amigo, não foi para renunciar agora ao benefício de um salvamento tão bem organizado.

– Mas os boatos que correm sobre a fortuna...

– Deixe-os correr. Há seis meses acompanho o caso, há seis meses me informo, estudo, armo minhas redes, interrogo os empregados, os credores e os testas de ferro, há seis meses vivo na sombra do marido e da mulher. Portanto, sei o que faço. Se a fortuna provém do velho Brawford, como afirmam, ou de outra fonte, o fato é que ela existe. E, se existe, será minha.

– Puxa, cem milhões!

– Digamos dez, ou mesmo cinco, não importa. Há um monte de títulos no cofre-forte. Seria muito estranho se, mais dia menos dia, eu não chegasse lá.

O bonde parou na Place de l'Étoile. O homem murmurou:

– Então, por ora?

– Por ora, nada a fazer. Avisarei você. Temos tempo.

Cinco minutos depois, Arsène Lupin subia a suntuosa escadaria da mansão Imbert e Ludovic o apresentava à sua mulher. Gervaise era uma senhora gordinha, muito tagarela. Deu a Lupin a melhor das acolhidas.

– Quis que estivéssemos só nós para festejar nosso salvador – ela disse.

E desde o início o "nosso salvador" foi tratado como um velho amigo. Na sobremesa, a intimidade já era completa e as confidências avançaram rapidamente. Arsène contou sua vida, a vida do pai, íntegro magistrado, as tristezas da infância, as dificuldades do presente. Gervaise, por sua vez, falou da juventude, do casamento, das bondades do velho Brawford, dos cem milhões que havia herdado, dos obstáculos que retardavam a posse desse dinheiro, dos empréstimos que teve de fazer a taxas exorbitantes, das intermináveis desavenças com os sobrinhos de Brawford, das contestações, dos litígios, de tudo, enfim!

– Veja, sr. Lupin, os títulos estão aí ao lado, no escritório do meu marido, e, se resgatarmos um único cupom, perdemos tudo! Estão aí no nosso cofre-forte e não podemos usá-los.

Lupin sentiu um leve tremor ao pensar nessa proximidade. E teve a sensação muito clara de que ele jamais teria bastante elevação de alma para ter os mesmos escrúpulos que a boa senhora.

– É, estão aí – ele murmurou, com a garganta seca.

Relações começadas sob tais auspícios só poderiam se estreitar ainda mais. Delicadamente interrogado, Arsène Lupin confessou sua miséria, sua situação difícil. Na mesma hora o pobre rapaz foi nomeado secretário particular dos dois esposos, com um salário de 150 francos por mês. Ele continuaria morando em sua casa, mas viria diariamente cumprir tarefas e, para maior comodidade, foi colocado à sua disposição, como gabinete de trabalho, um dos quartos do segundo andar.

Ele aceitou. Por que, por um excelente acaso, o quarto ficava bem acima do escritório de Ludovic?

Arsène não tardou a perceber que seu cargo de secretário se assemelhava muito a uma sinecura. Em dois meses, precisou apenas copiar quatro cartas insignificantes e só foi chamado uma vez ao escritório do patrão, o que lhe permitiu contemplar apenas uma vez oficialmente o cofre-forte. Além disso, notou que o titular dessa sinecura não foi julgado digno de figurar junto ao deputado Anquety ou ao advogado Grouvel, pois não o convidavam às famosas recepções mundanas.

Ele não se queixou, preferindo conservar seu modesto lugar à sombra, e manteve-se à parte, livre e feliz. Aliás, não perdia tempo. Primeiro fez uma série de visitas clandestinas ao escritório de Ludovic e se apresentou diante do cofre-forte, o qual permaneceu hermeticamente fechado. Era um enorme bloco de aço e ferro fundido, de aspecto rude, contra o qual de nada valiam limas, verrumas, pés de cabra.

Arsène Lupin não desanimava.

– Onde a força fracassa, a astúcia triunfa – disse a si mesmo. – O essencial é ficar de olhos e ouvidos atentos.

Tomou então as medidas necessárias e, após minuciosas e penosas sondagens no piso do seu quarto, introduziu um tubo de chumbo entre as cornijas no teto do escritório. Por esse tubo, que funcionava como luneta e instrumento acústico, esperava ver e ouvir.

A partir de então viveu debruçado sobre o soalho. E, de fato, viu várias vezes os Imbert conversando diante do cofre, examinando registros e pastas. Quando eles giravam os quatro botões que acionavam a fechadura, ele procurava, para saber a senha, ver o número de peças que se moviam. Vigiava os gestos e as palavras dos dois. O que faziam da chave? Escondiam-na?

Um dia desceu apressado, tendo visto que saíam da peça sem fechar o cofre. E entrou decididamente. Eles voltaram.

– Ah! Desculpem – disse –, enganei-me de porta.

Mas a sra. Gervaise o chamou de volta:

– Entre, sr. Lupin, entre, não está em sua casa? O senhor nos dará um conselho. Que títulos devemos vender? Do exterior ou da dívida pública?

– Mas e a pendência judicial? – objetou Lupin, muito espantado.

– Ah! Ela não afeta todos os títulos.

E afastou a porta do cofre. Nas prateleiras se amontoavam papéis de crédito presos por tiras. Pegou um deles. Mas o marido protestou.

– Não, Gervaise, seria loucura vender títulos do exterior. Eles estão em alta... Ao passo que os da dívida pública atingiram o máximo. O que acha, meu caro amigo?

O caro amigo não tinha opinião alguma, no entanto aconselhou o sacrifício dos títulos públicos. Ela pegou então outro maço e retirou, ao acaso, um papel. Era um título de 3% de 1.374 francos. Ludovic o pôs no bolso. De tarde, acompanhado do secretário, fez vender esse título por um agente de câmbio e recebeu 46 mil francos.

Apesar do que Gervaise dissera, Arsène Lupin não se sentia em casa. Muito pelo contrário, sua situação na mansão Imbert o enchia de surpresa. Diversas vezes pôde constatar que os empregados ignoravam seu nome. Chamavam-no de senhor. Era assim que Ludovic o designava: "Avisem o senhor... O senhor já chegou?" Por que essa denominação enigmática?

Aliás, depois do entusiasmo inicial, os Imbert mal lhe dirigiam a palavra e, embora o tratassem com a consideração devida a um benfeitor, nunca se ocupavam dele. Pareciam considerá-lo como um tipo original que não gostava que o importunassem, e respeitavam seu isolamento como se este fosse uma regra ditada por ele, um capricho. Certa vez, ao passar no corredor, ele ouviu Gervaise dizer a dois senhores:

– É um sujeito arredio!

Tudo bem, ele pensou, sou um sujeito arredio. E, sem se importar com as extravagâncias do seu comportamento, levou adiante a execução do plano. Ele sabia que não devia contar com o acaso nem com uma distração de Gervaise, que sempre trazia consigo a chave do cofre e, ainda por cima, jamais levava a chave sem ter previamente embaralhado os números da fechadura. Portanto ele devia agir.

Um acontecimento precipitou as coisas, a violenta campanha movida pelos jornais contra os Imbert. Acusavam-nos de fraude. Arsène Lupin acompanhou as peripécias do drama, as agitações do casal, e compreendeu que perderia tudo se demorasse mais.

Por cinco dias seguidos, em vez de partir às seis da tarde como de costume, encerrou-se no quarto. Supunham que tivesse saído, enquanto ele vigiava, estendido no chão, o escritório de Ludovic.

Como nas cinco noites a circunstância favorável que esperava não aconteceu, resolveu ir embora no meio da noite pela pequena porta que dava para o pátio, da qual tinha a chave.

Mas no sexto dia ficou sabendo que os Imbert, em resposta às insinuações malévolas de seus inimigos, haviam proposto que o cofre fosse aberto e que se fizesse seu inventário.

– É hoje à noite – pensou Lupin.

E, de fato, depois do jantar, Ludovic se instalou no escritório. Gervaise reuniu-se a ele. Os dois puseram-se a folhear o material contido no cofre.

Passou uma hora, mais outra. Ele ouviu quando os empregados se retiravam para dormir. Agora não havia mais ninguém no primeiro andar. Meia-noite. Os Imbert continuavam a tarefa.

– Vamos lá – murmurou Lupin.

Abriu a janela. Ela dava para o pátio e a noite, sem lua e sem estrelas, estava escura. Ele pegou uma corda com nós que fixou à sacada e, apoiando-se na calha, desceu silenciosamente pela corda até a janela situada abaixo da sua. Era a do escritório, e o véu espesso das cortinas forradas ocultava a peça. De pé na sacada, ficou um momento imóvel, de ouvidos atentos e olhos à espreita.

Tranquilizado pelo silêncio, empurrou levemente as duas vidraças da janela. Se ninguém tivera o cuidado de verificar, elas deviam ceder, pois à tarde ele girara o trinco de modo a deixá-lo aberto.

As vidraças cederam. Então, com precauções infinitas, as entreabriu um pouco mais. Logo que pôde enfiar a cabeça, parou. Um pouco de luz se filtrava entre as duas cortinas; ele viu Gervaise e Ludovic sentados ao lado do cofre.

Trocavam raras palavras e em voz baixa, absorvidos no trabalho. Arsène calculou a distância que o separava deles, os movimentos exatos que devia fazer para reduzir os dois à impotência antes de poderem chamar por socorro, e ia entrar quando Gervaise disse:

– Como a peça ficou fria. Acho que vou deitar. E você?

– Eu gostaria de terminar.

– Mas já fez o bastante por hoje.

– Só mais uma hora.

Ela se retirou. Vinte minutos, trinta minutos se passaram. Arsène empurrou um pouco mais a janela. As cortinas se agitaram. Empurrou ainda mais. Ludovic se virou e, vendo as cortinas agitadas pelo vento, levantou-se para fechar a janela.

Não houve um grito, nem uma aparência de luta. Com alguns gestos precisos, e sem machucá-lo, Arsène envolveu a cabeça de Ludovic com a cortina e o amarrou de maneira que ele nem mesmo viu o rosto do agressor.

Depois, rapidamente, dirigiu-se ao cofre, pegou dois maços de papéis de crédito, que pôs debaixo do braço, saiu do escritório, desceu a escada, atravessou o pátio e abriu a porta de serviço. Um carro estava estacionado na rua.

– Pegue primeiro isso – ele disse ao cocheiro – e siga-me.

Retornou ao escritório. Em duas viagens, eles esvaziaram o cofre. Então Arsène subiu até seu quarto, retirou a corda, apagou todos os vestígios de sua passagem. Estava terminado.

Algumas horas depois, Arsène Lupin, auxiliado por seu companheiro, examinou o material roubado. Não sentiu decepção alguma ao constatar, como previa, que a fortuna dos Imbert não tinha a importância que lhe atribuíam. Os milhões não passavam de algumas centenas ou mesmo dezenas. Mesmo assim o total formava ainda uma cifra respeitável, e eram títulos de valor da companhia ferroviária, da prefeitura, do Estado, de Suez, das minas do Norte etc.

Ele se declarou satisfeito.

– Certamente haverá uma forte depreciação quando chegar a hora de negociar – disse. – Os títulos vão deparar com pendências judiciais e será preciso liquidar a preço vil. Não importa, com esses primeiros fundos, poderei viver como quero... e realizar alguns sonhos que trago no peito.

– E o resto?

– Pode queimar, meu caro. Esse monte de papel só fazia figura no cofre-forte. Para nós não serve. Quanto aos títulos, vamos guardá-los tranquilamente no armário e esperar o momento propício.

No dia seguinte, Arsène pensou que nenhuma razão o impedia de voltar à mansão Imbert. Mas a leitura dos jornais lhe revelou esta notícia imprevista: Ludovic e Gervaise haviam desaparecido.

A abertura do cofre foi realizada com grande solenidade. Lá os magistrados encontraram o que Arsène Lupin deixara... pouca coisa.

Tais são os fatos, e tal é a explicação dada a alguns deles pela intervenção de Arsène Lupin. Obtive esse relato dele mesmo, num dia em que estava inclinado às confidências.

Nesse dia ele andava de um lado a outro, no meu gabinete de trabalho, e seus olhos tinham algo de febril que eu não conhecia.

– Então foi esse – eu lhe disse – seu mais belo golpe?

Sem me responder diretamente, ele prosseguiu:

– Há nesse caso segredos impenetráveis. Assim, mesmo depois da explicação que lhe dei, quantas obscuridades ainda! Por que eles fugiram? Por que não aproveitaram o recurso que eu lhes trazia involuntariamente? Bastava-lhes dizer: "Os cem milhões estavam no cofre, não estão mais porque foram roubados!".

– Eles perderam a cabeça.

– Sim, é isso, perderam a cabeça... Por outro lado, a verdade é que...

– A verdade é que...?

– Não, nada.

O que significava essa reticência? Era visível que ele não dissera tudo e que sentia repugnância em dizer o que não dissera. Fiquei intrigado. A coisa devia ser grave para provocar essa hesitação num homem como ele.

Fiz-lhe perguntas ao acaso.

– Não voltou mais a vê-los?

– Não.

– E não chegou a sentir, em relação a esses dois infelizes, alguma piedade?

– Eu?! – ele exclamou, num sobressalto.

Sua revolta me surpreendeu. Eu havia tocado no ponto? Insisti:

— Evidentemente. Sem você, talvez tivessem podido enfrentar o perigo... ou ao menos partir de bolsos cheios.

— Remorsos, é isso que atribui a mim?

— Por que não?

Ele bateu violentamente em minha mesa.

— Então acha que eu deveria ter remorsos?

— Chame de remorsos ou de pesar, em suma, um sentimento qualquer...

— Um sentimento qualquer por pessoas...

— Por pessoas das quais você roubou uma fortuna.

— Que fortuna?

— Ora!... esses dois ou três maços de títulos...

— Dois ou três maços de títulos! Acha que roubei títulos deles, uma parte da herança deles? Foi esse meu erro, meu crime? Mas poxa, meu caro, então não adivinhou que esses títulos eram falsos?... Está entendendo? *Eram falsos*!

Olhei-o, atordoado.

— Falsos, os quatro ou cinco milhões?

— Falsos – ele exclamou com fúria –, totalmente falsos! Falsos os títulos da prefeitura, do Estado, tudo não passava de papel! Não tirei um centavo, um único centavo daquele cofre! E você me pede para ter remorsos? Eles é que deveriam ter! Fizeram-me de trouxa! Depenaram-me como o último dos trouxas, e o mais estúpido!

Uma cólera real o agitava, feita de rancor e de amor-próprio ferido.

— Do começo ao fim, estive sempre por baixo! Sabe qual foi o papel que desempenhei nesse caso, ou melhor, o papel que eles me fizeram desempenhar? O de André Brawford! Sim, meu caro, e não desconfiei de nada!

"Só depois, pelos jornais, e juntando certos detalhes, é que me dei conta. Enquanto eu posava de benfeitor, de cavalheiro que arriscou a vida para salvar Ludovic das garras dos bandidos, eles me faziam passar por um dos Brawford!

"Não é admirável? O tipo original que tinha seu quarto no segundo andar, o sujeito arredio que era mostrado de longe, era Brawford, e Brawford era eu! E graças a mim, graças à confiança que eu inspirava sob a confiança do nome Brawford, os banqueiros emprestavam dinheiro e os notários tranquilizavam seus clientes! Que escola para um iniciante, não? Ah, juro que a lição me serviu!"

Ele parou bruscamente, pegou-me o braço e disse-me, num tom exasperado em que era fácil, no entanto, perceber matizes de ironia e de admiração, disse-me esta frase inefável:

– Meu caro, neste momento, Gervaise Imbert me deve mil e quinhentos francos!

Não pude deixar de rir. A frase era realmente de um burlesco superior. E ele próprio teve um acesso de riso jovial.

– Sim, meu caro, mil e quinhentos francos! Não só não recebi um único centavo do meu salário, como ainda por cima ela me pediu emprestados mil e quinhentos francos! Todas as minhas economias! E sabe para quê? Aposto que não adivinha... Para os pobres dela! Estou lhe dizendo! Para supostos miseráveis que ela ajudava sem que Ludovic o soubesse!

"E eu caí nessa! É muito engraçado, não? Arsène Lupin roubado em mil quinhentos francos, e roubado pela boa senhora da qual ele roubava quatro milhões em títulos falsos! E quantos esforços, quantas maquinações e artimanhas geniais tive de fazer para chegar a esse belo resultado!

"Foi a única vez em que fui ludibriado em minha vida. Mas, caramba, fui ludibriado dessa vez, e muito bem, em grande estilo!..."

VIII

A PÉROLA NEGRA

Um violento toque de campainha despertou a zeladora do prédio da Avenue Hoche, nº 9. Ela puxou o cordão, resmungando:
– Achei que todos haviam voltado. Já são três da manhã!

O marido rosnou:
– Vai ver que procuram o doutor.

De fato, uma voz perguntou:
– O dr. Harel... qual o andar?
– O terceiro à esquerda. Mas o doutor não atende durante a noite.
– Ele terá de atender.

O homem entrou na sala, subiu um andar, dois andares e, sem se deter no patamar do dr. Harel, continuou até o quinto. Lá, experimentou duas chaves. Uma abriu a fechadura, a outra, o ferrolho de segurança.

– Maravilha! – ele murmurou. – A tarefa é bastante simples. Mas, antes de agir, convém assegurar nossa retirada. Vejamos... logicamente tive tempo de bater à porta do doutor e ser despachado por ele? Ainda não... um pouco de paciência...

Ao cabo de dez minutos, desceu e chamou de novo a zeladora para lhe abrir a porta, praguejando contra o doutor. Abriram-lhe e ele bateu a porta atrás de si. Na verdade a porta não se fechou, tendo o homem aplicado uma chapa de ferro sobre o vão da fechadura a fim de que a lingueta não se introduzisse.

Assim ele entrou, sem ruído, sem que os zeladores o soubessem. Em caso de alarme, sua retirada estava garantida.

Tranquilamente, tornou a subir os cinco andares. No corredor do apartamento, à luz de uma lanterna, depôs a capa e o chapéu sobre uma das cadeiras e sentou-se numa outra, envolvendo seus calçados com espessas pantufas de feltro.

– Ufa! Cá estamos! E como é fácil! Pergunto-me por que todo mundo não escolhe a confortável profissão de ladrão! Com um pouco de habilidade e de reflexão, não há outra mais agradável. Profissão repousante... profissão de pai de família... Inclusive cômoda demais... chega a ser entediante.

Abriu uma planta detalhada do apartamento.

– Comecemos por nos orientar. Aqui vejo o retângulo do corredor onde estou. Do lado da rua, a sala, o boudoir, a sala de refeições. Inútil perder tempo por aí, parece que a condessa tem um gosto deplorável... nenhum bibelô de valor!... Portanto, direto ao objetivo... Aqui está! O traçado do corredor que conduz aos quartos. Andando três metros, devo encontrar a porta do armário de vestidos que se comunica com o quarto da condessa.

Ele voltou a dobrar a planta, apagou a lanterna e avançou pelo corredor, contando:

– Um metro... dois metros... três metros... Aqui está a porta... Como tudo se arranja, meu Deus! Uma simples tranca, uma pequena tranca me separa do quarto e, além do mais, sei que esta tranca se acha a um metro e 43 do soalho... De modo que, por uma pequena incisão que farei em volta, estaremos livres dela...

Tirou do bolso os instrumentos necessários, mas uma ideia o deteve.

– E se por acaso a porta não estiver trancada?... Vejamos... Não custa tentar!

Girou a maçaneta da fechadura. A porta se abriu.

– Meu bravo Lupin, decididamente a sorte te favorece. O que é preciso agora? Você conhece a topografia do local onde vai operar, conhece o lugar onde a condessa esconde a pérola negra... Portanto, para que a pérola negra te pertença, basta simplesmente ser mais silencioso do que o silêncio, mais invisível do que a noite.

Arsène Lupin levou cerca de meia hora para abrir a segunda porta, uma porta envidraçada que dava para o quarto. Mas o fez com tanta precaução que, mesmo se a condessa não estivesse dormindo, nenhum ruído equívoco a teria inquietado.

De acordo com as indicações do seu plano, bastava seguir o contorno de uma larga cadeira, chegando até a uma poltrona e depois a uma mesinha situada junto ao leito. Em cima da mesa havia uma caixa de papéis de carta e, guardada nesta caixa, a pérola negra.

Ele se estendeu no tapete e seguiu os contornos da cadeira. Mas na extremidade parou para conter as batidas do seu coração. Embora temor algum o agitasse, era-lhe impossível vencer essa espécie de angústia nervosa que sentimos no maior silêncio. Isso o surpreendeu, afinal já havia vivido sem emoção minutos mais solenes. Nenhum perigo o ameaçava. Então por que seu coração batia como um sino desvairado? Era essa mulher adormecida que o impressionava, essa vida tão próxima à sua?

Escutou e julgou discernir o ritmo de uma respiração. Ficou tranquilizado como que por uma presença amiga.

Procurou a poltrona, depois, por pequenos gestos imperceptíveis, rastejou até a mesa, tateando a sombra com o braço estendido. Sua mão direita tocou um dos pés da mesa.

Enfim! Ele não precisava mais que se levantar, pegar a pérola e ir embora. Ainda bem! Pois seu coração recomeçava a saltar no peito como um animal aterrorizado, e com tal ruído que lhe parecia impossível a condessa não ter despertado.

Apaziguou-o num impulso de vontade prodigioso, mas, no momento em que ia levantar-se, sua mão esquerda tocou no tapete um objeto que ele reconheceu de imediato como um candelabro, um candelabro caído; em seguida outro objeto se apresentou, um relógio, um desses pequenos relógios de viagem cobertos de uma bainha de couro.

O que estava acontecendo? Ele não compreendia. O candelabro... o relógio... por que esses objetos não estavam no lugar habitual? O que acontecia na escuridão assustadora?

E de repente deu um grito. Havia tocado... Que coisa mais estranha, inominável! Não, não, era o medo que lhe exaltava o cérebro. Durante vinte, trinta segundos, permaneceu imóvel, assustado, com suor nas têmporas. E seus dedos conservavam a sensação daquele contato.

Com um esforço feroz, estendeu de novo o braço. Sua mão tocou de novo a coisa, a coisa estranha, inominável. Apalpou-a. Exigiu que sua mão a apalpasse e compreendeu. Era uma cabeleira, um rosto... e esse rosto estava frio, quase gelado.

Por mais terrível que seja a realidade, um homem como Arsène Lupin a domina assim que toma conhecimento dela.

Rapidamente, ligou a lanterna. Uma mulher jazia no chão, coberta de sangue, gravemente ferida no pescoço e nos ombros. Inclinou-se e examinou-a. Estava morta.

– Morta, morta! – ele repetiu com estupor.

E olhou aqueles olhos fixos, o ríctus da boca, a carne lívida e o sangue, o sangue que escorrera sobre o tapete e agora se coagulava, espesso e negro.

Tendo se levantado, girou o botão da eletricidade, e a peça se encheu de luz. Pôde ver os sinais de uma luta encarniçada. A cama estava inteiramente desarrumada, os cobertores e os lençóis, arrancados. No chão, o candelabro, o relógio – cujos ponteiros marcavam 23h20 – e, mais adiante, uma cadeira derrubada, e em toda parte sangue, poças de sangue.

– E a pérola negra? – murmurou.

A caixa de papéis estava no lugar. Ele a abriu vivamente. Continha o estojo, mas o estojo estava vazio.

– Droga! – disse a si mesmo. – Vangloriou-se cedo demais de sua sorte, meu amigo Arsène Lupin... A condessa assassinada, a pérola negra desaparecida... A situação não é nada boa! Melhor cair fora, senão se arrisca a se expor a graves responsabilidades.

Mas ele não se mexeu.

– Cair fora? Sim, outro cairia fora. Mas Arsène Lupin não teria algo melhor a fazer? Vejamos, procedamos por ordem. Afinal, você tem a consciência tranquila... Suponha que é comissário de polícia e deve fazer um inquérito... Sim, mas para isso seria preciso um cérebro mais calmo. E o meu está em tal estado!

Caiu sobre a poltrona, com as mãos crispadas contra a testa ardente.

O caso da Avenue Hoche foi um dos mais intrigantes dos últimos tempos, e certamente eu não o teria contado se a participação de Arsène Lupin não lhe trouxesse uma luz especial. Foram poucos os que suspeitaram dessa participação. Em todo caso, ninguém sabe a exata e curiosa verdade.

Quem não conhecia Léontine Zalti, a ex-cantora, esposa e viúva do conde d'Andillot? A Zalti cujo luxo deslumbrara Paris vinte anos atrás, a condessa d'Andillot a quem seus enfeites de diamantes e de pérolas lhe valeram uma reputação em toda a Europa? Dizia-se que ela trazia ao pescoço o cofre-forte de vários bancos e as minas de ouro de várias empresas australianas. Os grandes joalheiros trabalhavam para a Zalti como se trabalhava outrora para os reis e as rainhas.

E quem não lembra a catástrofe na qual todas essas riquezas foram engolidas? Bancos e minas de ouro, o sorvedouro arrastou tudo. Da maravilhosa coleção, dispersa em leilões públicos, só restou a famosa pérola negra. A pérola negra! Ou seja, uma fortuna, se a condessa quisesse desfazer-se dela.

Mas não quis. Preferiu limitar as despesas, viver num apartamento simples, com a dama de companhia, a cozinheira e um empregado, a ter que vender a inestimável joia. Havia para isso uma razão que ela não temia confessar: a pérola negra fora o presente de um imperador! E, quase arruinada, reduzida a uma existência medíocre, permaneceu fiel à sua companheira dos belos dias.

– Enquanto eu viver – ela dizia – não a abandonarei.

O dia todo trazia-a ao pescoço. Durante a noite colocava-a num local que apenas ela conhecia.

Todos esses fatos divulgados nos jornais estimularam a curiosidade e, o que é estranho, mas fácil de compreender para os que têm a chave do enigma, foi precisamente a prisão do suposto assassino que complicou o mistério e prolongou a emoção. De fato, logo após essa prisão, os jornais publicavam a seguinte notícia:

Foi anunciada a prisão de Victor Danègre, o empregado da condessa d'Andillot. As acusações feitas contra ele são graves. Nas mangas de alpaca do seu casaco de libré, que o sr. Dudouis, o chefe da Polícia Judiciária, encontrou em sua mansarda, entre o estrado e o colchão da cama, foram constatadas manchas de sangue. Além disso, faltava um botão coberto de tecido desse casaco. E esse botão, logo no início das investigações, foi recolhido debaixo do leito da vítima.
É provável que, depois do jantar, Danègre, em vez de voltar à sua mansarda, se introduziu no closet e, pela porta envidraçada, viu a condessa esconder a pérola negra.
Devemos dizer que até o momento nenhuma prova veio confirmar essa suposição. Em todo caso, outro ponto permanece obscuro. Às sete horas da manhã Danègre foi à tabacaria do Boulevard de Courcelles: tanto a zeladora quanto o dono da tabacaria testemunharam nesse sentido. Por outro lado, a cozinheira da condessa e a dama de companhia, que dormem ambas no fundo do corredor, afirmam que às oito horas, quando se levantaram, a porta do corredor e a porta da cozinha estavam trancadas à chave. Trabalhando há vinte anos com a condessa, essas duas pessoas estão acima de qualquer suspeita. Pergunta-se então como Danègre pôde sair do apartamento. Teria feito outra chave? A investigação esclarecerá esses diferentes pontos.

A investigação não esclareceu absolutamente nada, pelo contrário. Soube-se que Victor Danègre era um reincidente criminal perigoso, alcoólatra e devasso, a quem facadas não assustavam. Mas o caso parecia, à medida que a investigação avançava, envolver trevas mais espessas e contradições mais inexplicáveis.

Primeiro, uma srta. De Sinclèves, prima e única herdeira da vítima, declarou que a condessa, um mês antes da morte, lhe confiara numa de suas cartas a maneira como escondia a pérola negra. Um dia após ter recebido essa carta, foi constatado o desaparecimento. Quem a roubara?

Os zeladores, por sua vez, contaram que haviam aberto a porta a um indivíduo que subiu até o apartamento do dr. Harel. Interrogaram o doutor. Ninguém batera à sua porta. Então quem era esse indivíduo? Um cúmplice?

Essa hipótese de um cúmplice foi adotada pela imprensa e pelo público. Ganimard, o velho inspetor Ganimard, a defendia, não sem razão.

– Há o dedo de Lupin aí – ele disse ao juiz.

– Ora! – este respondeu. – Você vê Lupin em toda parte.

– Vejo-o em toda parte porque ele está em toda parte.

– Melhor dizer que o vê sempre que algo não lhe parece muito claro. Além disso, observe que o crime foi cometido às 23h20 da noite, como o atesta o relógio, enquanto a visita noturna, denunciada pelos zeladores, só ocorreu às três da manhã.

A justiça costuma obedecer a esses entusiasmos de convicção que fazem os acontecimentos se curvarem à primeira explicação que foi dada. Os antecedentes deploráveis de Victor Danègre, reincidente, bêbado e devasso, influenciaram o juiz, e, embora nenhuma circunstância nova viesse corroborar os dois ou três indícios inicialmente descobertos, nada o fez mudar de ideia. Ele deu por terminada a investigação. Algumas semanas depois começaram os debates no tribunal.

Foram debates confusos e arrastados. O juiz os dirigiu sem ardor. A promotoria pública atacou frouxamente. Nessas condições, o advogado de Danègre se aproveitou para mostrar as lacunas e as impossibilidades da acusação. Não existia prova material alguma. Quem havia forjado a chave, a indispensável chave sem a qual Danègre, ao sair, não teria podido trancar a porta do apartamento? Quem vira essa chave e o que fora feito dela? O mesmo em relação à faca do assassino.

– Em todo caso – concluiu o advogado –, provem que foi meu cliente que matou. Provem que o autor do roubo e do crime não é esse misterioso personagem que se introduziu no prédio às três da manhã. O relógio marcava onze horas, me dirão. E daí? Não se pode pôr os ponteiros do relógio na hora que convém?

Victor Danègre foi absolvido.

Ele saiu da prisão numa sexta-feira ao fim do dia, emagrecido, deprimido por seis meses de cela. A investigação, a solidão, os debates, as deliberações do júri, tudo o enchera de um pavor doentio. À noite tinha pesadelos terríveis, visões do cadafalso o perseguiam. Ele tremia de febre e de terror.

Sob o nome de Anatole Dufour, alugou um pequeno quarto nos altos de Montmartre e passou a viver de bicos, arranjados aqui e ali.

Vida lamentável! Três vezes contratado por patrões diferentes, foi reconhecido e despedido na mesma hora.

Com frequência ele percebeu, ou julgou perceber, que homens o seguiam, homens da polícia, certamente, que não desistia de fazê-lo cair em alguma armadilha. E já sentia o aperto rude da mão que o pegaria pela gola.

Numa noite em que jantava num boteco do bairro, alguém se instalou diante dele. Era um homem de uns quarenta anos, vestindo uma sobrecasaca preta, de limpeza duvidosa. Esse homem pediu uma sopa, legumes e um litro de vinho.

Após ter tomado a sopa, ele virou os olhos para Danègre e o fitou longamente.

Danègre empalideceu. Com certeza esse homem era um dos que o seguiam havia semanas. O que queria dele? Danègre tentou levantar-se. Não pôde. As pernas tremiam.

O homem serviu-se um copo de vinho e encheu o copo de Danègre.

– Um brinde, companheiro?

Victor balbuciou:

– Sim... sim... à sua saúde, companheiro.

– À sua saúde, Victor Danègre.

O outro teve um sobressalto:

– Eu?... Mas... não... eu juro...

– Jura-me o quê? Que você não é você, o empregado da condessa?

– Que empregado? Chamo-me Dufour. Pergunte ao dono do bar.

– Sim, Anatole Dufour para o dono do bar, mas Danègre para a Justiça, Victor Danègre.

– Não é verdade, não é verdade! Está enganado.

O recém-chegado tirou do bolso um cartão e o estendeu. Victor leu:

Grimaudan, ex-inspetor da Polícia Judiciária, Informações confidenciais.

Estremeceu.

– É da polícia?

– Não sou mais, mas a profissão me agradava e continuo agindo de forma... mais lucrativa. De vez em quando, casos de ouro são desencavados... como o seu.

– O meu?

– Sim, o seu. É um caso excepcional, se concordar em ser um pouco complacente.

– E se eu não concordar?

– Será obrigado. Está numa situação em que nada pode recusar.

Uma apreensão surda invadia Victor Danègre. Ele perguntou:

– O que quer então?... Fale.

– Certo – respondeu o outro –, sejamos breves. É o seguinte: fui enviado pela srta. De Sinclèves.

– Sinclèves?

– A herdeira da condessa d'Andillot.

– E aí?

– E aí que a srta. De Sinclèves me encarregou de lhe pedir a pérola negra.

– Pérola negra?

– A que você roubou.

– Mas não estou com ela.

– Está.

– Se estivesse, seria eu o assassino.

– É você o assassino.

Danègre fez um esforço para rir.

– Felizmente, meu caro senhor, o tribunal não foi da mesma opinião. Todos os jurados me declararam inocente, entendeu? E quando se tem a consciência limpa e a estima de doze homens íntegros...

O ex-inspetor pegou-lhe o braço:

– Não venha com conversa, meu chapa. Escute com atenção e pese minhas palavras, elas valem a pena. Três semanas antes do crime, Danègre, você roubou na cozinha a chave que abre a porta de serviço e mandou fazer uma cópia no serralheiro Outard, Rue Oberkampf, 244.

– Não é verdade – protestou Victor –, ninguém viu essa chave... ela não existe.

– Aqui está ela.

Após um silêncio, Grimaudan continuou:

– Você matou a condessa com uma faca de lâmina retrátil comprada no bazar de la République, no mesmo dia em que fez a cópia da chave. A lâmina é triangular com uma ranhura.

– Tudo isso é invenção sua, fala por falar. Ninguém viu a faca.

– Aqui está ela.

Danègre fez um movimento de recuo. O ex-inspetor prosseguiu:

– Há manchas avermelhadas. É necessário lhe explicar a causa?

– E daí? Tem uma chave e uma faca. Quem pode afirmar que pertenciam a mim?

– Primeiro o serralheiro, depois o empregado do bazar onde comprou a faca. Já refresquei a memória dos dois. Ao vê-lo, não deixarão de reconhecê-lo.

Ele falava de maneira dura e seca, com uma precisão aterrorizante. Danègre estava trêmulo de medo. Nem o juiz nem o promotor público o haviam pressionado dessa forma, não haviam visto com clareza coisas que ele próprio já não distinguia muito bem.

Mesmo assim ainda tentou fingir indiferença.

– Se são essas todas as suas provas!...

– Tenho mais uma. Ao sair, após o crime, você tomou o mesmo caminho. Mas, no meio do closet, perturbado, deve ter se apoiado contra a parede para manter o equilíbrio.

– Como sabe? – gaguejou Victor. – Ninguém pode saber isso.

– A Justiça, não. Não ocorreu a nenhum daqueles senhores do Ministério Público acender uma vela e examinar as paredes. Se o fizessem, veriam no gesso branco uma marca vermelha muito leve, bastante nítida, porém, para que se veja a marca da face anterior do seu polegar, do polegar úmido de sangue que apoiou contra a parede.

Ora, você não ignora que, em antropometria, esse é um dos principais meios de identificação.

Victor Danègre estava pálido. Gotas de suor escorriam-lhe na testa. Com olhos desvairados, considerava esse homem estranho que descrevia seu crime como se tivesse sido a testemunha invisível.

Baixou a cabeça, vencido, impotente. Havia meses lutava contra o mundo inteiro. Contra esse homem, tinha a impressão de que nada podia fazer.

– Se eu lhe devolver a pérola – balbuciou –, quanto me dará?

– Nada.

– Como?! Está zombando de mim? Eu lhe daria uma coisa que vale milhões e nada teria em troca?

– Teria, sim: a vida.

O miserável sentiu um arrepio. Grimaudan acrescentou, num tom quase brando:

– Vamos, Danègre, essa pérola não tem valor algum para você. Não poderá vendê-la. De que adianta guardá-la?

– Há receptadores... e mais dia, menos dia, não importa a que preço...

– Mais dia, menos dia será tarde demais.

– Por quê?

– Por quê? Porque a Justiça terá posto as mãos em você e, desta vez, com as provas que fornecerei, a faca, a chave, a marca do polegar, estará perdido, meu chapa.

Victor apertou a cabeça com as duas mãos e refletiu. Sentia-se perdido, de fato, irremediavelmente perdido, e ao mesmo tempo um grande cansaço o invadia, uma imensa necessidade de repouso e de abandono.

Ele murmurou:

– Para quando quer?

– Hoje à noite, antes de uma hora.

– Senão?

– Senão ponho no correio esta carta em que a srta. De Sinclèves o denuncia ao procurador da República.

Danègre serviu-se de mais dois copos de vinho, que bebeu um atrás do outro, depois levantou-se:

– Pague a conta e vamos até lá... Estou farto desse maldito caso.

Havia anoitecido. Os dois homens desceram a Rue Lepic e seguiram pelas avenidas periféricas em direção à Place de l'Étoile. Caminhavam em silêncio, Victor com as costas curvadas, muito cansado.

Perto do parque Monceau, ele disse:

– É ao lado do prédio...

– Claro! Você só saiu, antes de ser preso, para ir à tabacaria.

– Chegamos – disse Danègre, com uma voz abafada.

Caminharam ao longo da grade do parque e atravessaram uma rua em cuja esquina ficava a tabacaria. Danègre deteve-se alguns passos adiante. Suas pernas tremiam. Ele caiu sobre um banco.

– E então? – perguntou seu companheiro.

– É aqui.

– Aqui onde? Está querendo me enganar?

– Sim, aqui à nossa frente.

– À nossa frente! Ouça, Danègre, seria melhor não...

– Repito que ela está aqui.

– Onde?

– Entre duas lajes da calçada.

– Quais?

– Procure.

– Quais? – repetiu Grimaudan.

Victor não respondeu.

– Ah! Entendi. Quer algo em troca, não é?

– Não... mas... vou ficar na miséria.
– Então por que hesita? Vamos, serei magnânimo. Quanto quer?
– O suficiente para comprar uma passagem de navio para a América.
– Combinado.
– E uma nota de cem francos para os primeiros gastos.
– Receberá duas. Fale.
– Conte as lajes, à direita do esgoto. É entre a décima segunda e a décima terceira.
– Junto à sarjeta?
– Sim, no fim da calçada.

Grimaudan olhou ao redor. Bondes passavam, pessoas passavam. Mas quem poderia suspeitar?

– E se ela não estiver?
– Se ninguém me viu enterrá-la, ainda está aí.

Era possível que estivesse? A pérola negra jogada na lama de uma sarjeta, à disposição do primeiro que passasse! A pérola negra... uma fortuna!

– A que profundidade?
– Dez centímetros, mais ou menos.

Ele cavoucou a terra molhada. A ponta do canivete bateu em alguma coisa. Com os dedos, alargou o buraco.

Então viu a pérola negra.

– Certo. Aqui estão seus duzentos francos. Enviarei em breve a passagem para a América.

No dia seguinte, o *Echo de France* publicava esta nota, que foi reproduzida nos jornais do mundo inteiro:

Desde ontem, a famosa pérola negra se acha nas mãos de Arsène Lupin, que a retomou do assassino da condessa d'Andillot. Em breve, fotografias dessa preciosa joia

serão expostas em Londres, São Petersburgo, Calcutá, Buenos Aires e Nova York.
Arsène Lupin aguarda propostas que seus correspondentes queiram lhe fazer.

– Eis aí como o crime é sempre punido, e a virtude, recompensada – concluiu Arsène Lupin, quando me revelou os detalhes do caso.

– E eis aí como, sob o nome de Grimaudan, ex-inspetor de polícia, você foi escolhido pelo destino para retirar do criminoso o benefício do seu delito.

– Justamente. E confesso que é uma das aventuras de que mais me orgulho. Os quarenta minutos que passei no apartamento da condessa, após ter constatado sua morte, estão entre os mais espantosos e os mais profundos de minha vida. Em quarenta minutos, envolvido numa situação complicada, reconstituí o crime e tive a certeza, com o auxílio de algumas pistas, de que o culpado só podia ser um dos empregados da condessa. Compreendi também que, para obter a pérola, esse empregado precisava ser detido – e deixei o botão do casaco –, mas que não deveria haver contra ele provas irrefutáveis da sua culpa – e recolhi a faca esquecida no tapete, peguei a chave esquecida na fechadura, tranquei a porta por fora e apaguei as marcas dos dedos no gesso do closet. Na minha opinião, foi um desses lampejos...

– De gênio – interrompi.

– De gênio, se quiser, e que não teria iluminado o cérebro do primeiro a chegar. Adivinhar num segundo os dois termos do problema, uma detenção e uma absolvição, servir-me do formidável aparelho da Justiça para perturbar meu homem, estonteá-lo, em suma, para colocá-lo num tal estado de espírito que, uma vez livre, ele fatalmente, inevitavelmente cairia na armadilha um pouco arriscada que lhe armei!

– Um pouco? Eu diria muito, pois ele não corria perigo algum.

– Sim, o menor perigo, já que toda absolvição é definitiva.

– Pobre coitado...

– Victor Danègre, pobre coitado? Esquece que ele é um assassino e que seria uma tremenda imoralidade a pérola negra ficar com ele? E veja, Danègre está vivo!

– E a pérola negra está com você.

Ele a tirou de uma das cavidades secretas da sua carteira, a examinou, a acariciou com os dedos e os olhos, e suspirou:

– Que fazendeiro, que rajá imbecil e vaidoso terá esse tesouro? A que milionário americano se destina essa maravilha de luxo e beleza que ornava o colo branco de Léontine Zalti, condessa d'Andillot?...

IX

Herlock Sholmes chega tarde demais

— É estranho como você se parece com Arsène Lupin, Velmont!

– Conhece-o?

– Ah! Como todo mundo, pelas fotografias, nenhuma delas idêntica às outras, mas todas dando a impressão de uma mesma fisionomia... que é exatamente a sua.

Horace Velmont pareceu um pouco vexado.

– Pois é, meu caro Devanne, você não é o primeiro a me fazer essa observação, acredite.

– Tão parecido – insistiu Devanne – que se não tivesse sido recomendado por meu primo d'Estevan e se não fosse o conhecido pintor cujas belas imagens marinhas admiro, não sei se não teria avisado a polícia da sua presença em Dieppe.

O dito espirituoso foi acolhido por uma risada geral. Na grande sala de jantar do castelo de Thibermesnil, estavam presentes, além de Velmont, o abade Gélis, pároco da aldeia, e uma dúzia de oficiais cujos regimentos faziam manobras nos arredores, e que haviam respondido ao convite do banqueiro Georges Devanne e de sua mãe. Um deles exclamou:

– Mas Arsène Lupin não foi visto no litoral, após o famoso golpe no expresso Paris-Havre?

– Exatamente, há cerca de três meses, e na semana seguinte conheci no cassino nosso excelente Velmont, que desde então me honrou com algumas visitas, agradável preâmbulo de uma visita domiciliar mais séria que me fará um dia desses... ou melhor, uma noite dessas!

Todos riram de novo e passaram para a antiga sala dos troféus de caça, peça enorme, muito alta, que ocupa toda a parte inferior da torre Guilherme, onde Georges Devanne reuniu as incomparáveis riquezas acumuladas ao longo dos séculos pelos senhores de Thibermesnil. Guarnições de lareira, baús, aparadores e candelabros a decoram. Magníficas tapeçarias pendem nas paredes de pedra. Os vãos das quatro janelas são profundos, munidos de bancos, e terminam em janelas em forma de ogiva com vitrais emoldurados de chumbo. Entre a porta e a janela da esquerda ergue-se uma biblioteca monumental estilo Renascimento, em cujo frontão se lê, em letras douradas: "Thibermesnil", e embaixo a orgulhosa divisa da família: "Faz o que queres".

No momento em que eram acesos os charutos, Devanne retomou:

– Mas se apresse, Velmont, é a última noite que lhe resta.

– E por quê? – disse o pintor, que decididamente levava a coisa na brincadeira.

Devanne ia responder quando sua mãe lhe fez um sinal. Mas a empolgação do jantar e o desejo de interessar os convidados prevaleceram.

– Ora! – ele murmurou. – Agora posso falar. Não há mais o risco de uma indiscrição.

Os outros se sentaram a seu redor, muito curiosos, e ele declarou, com o ar satisfeito de quem anuncia uma grande notícia:

– Amanhã, às quatro da tarde, Herlock Sholmes, o grande policial inglês para quem não existe mistério algum, Herlock Sholmes, o mais extraordinário decifrador de enigmas jamais visto, o prodigioso personagem que parece inteiramente forjado pela imaginação de um romancista, Herlock Sholmes será meu hóspede.

Gritos de surpresa. Herlock Sholmes em Thibermesnil? Então era sério? Arsène Lupin se achava realmente na região?

– Arsène Lupin e seu bando não estão longe. Sem contar o caso do barão Cahorn, a quem atribuir os assaltos de Montigny, de Gruchet, de Crasville, senão ao nosso ladrão nacional? Hoje é minha vez.

– O senhor foi avisado, como o foi o barão Cahorn?

– O mesmo truque não funciona duas vezes.

– E então?

– Então?... É o seguinte.

Levantou-se e, apontando com o dedo, numa das prateleiras da biblioteca, um pequeno espaço vazio entre dois enormes in-fólios, falou:

– Havia aqui um livro, um livro do século XVI intitulado *Crônica de Thibermesnil*, que contava a história do castelo desde sua construção, pelo duque Rollon, no local de uma fortaleza feudal. Ele continha três ilustrações. Uma representava uma vista aérea do domínio em seu conjunto; a segunda, a planta dos prédios; e a terceira, e chamo a atenção para esse ponto, o traçado de um túnel, sendo que uma das saídas se abre no exterior da primeira linha das muralhas e a outra bem aqui, nesta sala onde estamos. Ora, esse livro desapareceu no mês passado.

– Mau sinal – disse Velmont. – Mas não é o suficiente para motivar a intervenção de Herlock Sholmes.

– Certo, não seria suficiente se não tivesse havido outro fato que dá a este que acabo de lhes contar toda a sua significação. Existia na Biblioteca Nacional um segundo exemplar dessa *Crônica*, e os dois exemplares diferiam em alguns detalhes relativos ao túnel, como o estabelecimento de um perfil e de uma escala, além de diversas anotações, não impressas, mas escritas a tinta e mais ou menos apagadas. Eu sabia dessas particularidades e sabia que o traçado definitivo só podia ser reconstituído por um confronto minucioso dos dois mapas. Ora, logo depois que o meu exemplar desapareceu, o da Biblioteca Nacional foi pedido por um leitor que o levou sem que fosse possível determinar as condições nas quais o roubo foi efetuado.

Exclamações seguiram-se a essas palavras.

– Desta vez o caso é sério.

– Sim – disse Devanne –, e desta vez a polícia se sensibilizou e houve um duplo inquérito, que, aliás, não deu em nada.

– Como todos os que têm por objeto Arsène Lupin.

– Precisamente. Foi então que me ocorreu pedir ajuda a Herlock Sholmes, que me respondeu que tinha o maior interesse de entrar em contato com Arsène Lupin.

– Que glória para Arsène Lupin! – disse Velmont. – Mas se o nosso ladrão nacional, como o chama, não alimenta projeto algum em relação a Thibermesnil, Herlock Sholmes não terá vindo à toa?

– Há outra coisa que o interessará muito: a descoberta do túnel.

– Mas não disse que há duas entradas, uma no campo e a outra aqui, nesta sala?

– Mas em que lugar desta sala? A linha que representa o túnel nos mapas termina bem ao lado de um pequeno círculo acompanhado de duas maiúsculas: "T. G.", o que significa, certamente, Torre Guilherme. Mas a torre é redonda, e quem poderia determinar o ponto exato em que começa o traçado do desenho?

Devanne acendeu um segundo charuto e serviu-se um copo de licor. Assediavam-no com perguntas. Ele sorria, satisfeito com o interesse provocado. Por fim, pronunciou:

— O segredo se perdeu. Ninguém no mundo o conhece. De pai para filho, diz a lenda, os poderosos senhores o transmitiram em seu leito de morte, até o dia em que Geoffroy, último da linhagem, teve a cabeça cortada no cadafalso, em 7 de Termidor do ano II, aos dezenove anos de idade.

— Mas, de um século para cá, devem ter procurado.

— Procuraram, mas em vão. Eu mesmo, quando adquiri o castelo do sobrinho-neto de Leribourg, deputado da Convenção, mandei fazer escavações. Para quê? Vejam que esta torre, cercada de água, só está ligada ao castelo por um ponto, e portanto é preciso que o túnel passe debaixo dos antigos fossos. Aliás, o plano da Biblioteca Nacional mostra uma série de quatro escadas num total de 48 degraus, o que faz supor uma profundidade de mais de dez metros. E a escala, anexada no outro plano, fixa a distância em duzentos metros. Na realidade, todo o problema está aqui, entre este piso, este teto e estas paredes. E confesso que hesito em demoli-los.

— Nenhum outro indício?
— Nenhum.

O abade Gélis objetou:

— Sr. Devanne, devemos mencionar duas citações.

— Ah! — exclamou Devanne, rindo. — O sr. pároco é um pesquisador de arquivos, um grande leitor de memórias e tudo o que diz respeito a Thibermesnil o apaixona. Mas a explicação que ele menciona serve apenas para embrulhar as coisas.

— Mas o que custa?
— Faz questão?
— Muito.

– Bem, saibam então que resultou de suas leituras que dois reis da França tiveram a chave do enigma.

– Dois reis da França.

– Henrique IV e Luís XVI.

– E como foi que o sr. abade descobriu? – continuou Devanne. – É muito simples. Na véspera da batalha de Arques, o rei Henrique IV veio fazer uma ceia e dormir neste castelo. Às onze da noite, Louise de Tancarville, a mais bela dama da Normandia, foi introduzida nos seus aposentos pelo túnel com a cumplicidade do duque Edgard, que, nessa ocasião, entregou o segredo de família. Mais tarde, Henrique IV confiou esse segredo a seu ministro Sully, que conta a anedota em suas *Royales Economies d'État*, sem acompanhá-la de outro comentário a não ser esta frase incompreensível:

> *O machado gira no ar que estremece, mas a asa se abre e assim se chega a Deus.*

Houve um silêncio, e Velmont brincou:

– Não é de uma clareza ofuscante?

– Não é mesmo? O sr. pároco acha que Sully anotou desse modo a chave do enigma, sem revelar o segredo aos escribas a quem ditava suas memórias.

– A hipótese é engenhosa.

– Concordo, mas o que é esse machado que gira e essa ave que levanta voo?

– E o que é que chega a Deus?

– Mistério!

Velmont retomou:

– E o nosso bom Luís XVI, foi igualmente para receber a visita de uma dama que se serviu do túnel?

– Não sei. Tudo o que se pode dizer é que Luís XVI esteve em Thibermesnil em 1784 e que o famoso armário de ferro, encontrado no Louvre graças à denúncia de

Gamain, continha um papel com estas palavras escritas por ele: "*Thibermesnil*: 2-6-12".

Horace Velmont deu uma risada:

– Vitória! As trevas se dissipam cada vez mais. Duas vezes seis são doze.

– Ria à vontade, senhor – disse o abade. – Isso não impede que as duas citações contenham a solução e que mais dia, menos dia aparecerá alguém capaz de interpretá-las.

– Herlock Sholmes em primeiro lugar... – disse Devanne. – A menos que Arsène Lupin se antecipe. O que pensa disso, Velmont?

Velmont levantou-se, pôs a mão no ombro de Devanne e declarou:

– Penso que, com os dados fornecidos por seu livro e pelo da biblioteca, faltava uma informação da maior importância, e que você fez a gentileza de me oferecer. Eu lhe agradeço.

– De modo que...?

– De modo que agora, tendo o machado girado e tendo a ave levantado voo, e duas vezes seis sendo igual a doze, não preciso mais que sair a campo.

– Sem perder um minuto.

– Sem perder um segundo! Não é esta noite, antes da chegada de Herlock Sholmes, que devo assaltar seu castelo?

– De fato, seu tempo é curto. Quer que eu o acompanhe?

– Até Dieppe?

– Sim. Aproveitarei para trazer eu mesmo para cá o sr. e a sra. d'Androl, juntamente com uma jovem amiga deles, que chegam no trem da meia-noite.

E, dirigindo-se aos oficiais, Devanne declarou:

– Aliás, amanhã nos encontraremos todos aqui para almoçar, não é mesmo, senhores? Conto com a presença de vocês, pois este castelo deve ser invadido por seus regimentos e tomado de assalto quando soarem onze horas.

O convite foi aceito, todos se separaram e, alguns instantes depois, um automóvel levava Devanne e Velmont pela estrada rumo a Dieppe. Devanne deixou o pintor diante do cassino e se dirigiu à estação ferroviária.

À meia-noite seus amigos desciam do trem. À meia-noite e trinta o automóvel atravessava os portões de Thibermesnil. À uma da madrugada, após uma ceia leve servida na sala, todos se retiraram. Aos poucos, todas as luzes se apagaram. O grande silêncio da noite envolveu o castelo.

Mas a lua afastou as nuvens que a cobriam e, por duas das janelas, encheu o salão de uma claridade branca. Isso durou apenas um momento. Logo a lua se escondeu atrás das colinas. E voltou a escuridão. O silêncio aumentou com a sombra mais espessa. Apenas se ouviam, de vez em quando, estalos dos móveis, ou então o sussurro dos juncos no lago de águas verdes que banha os velhos muros.

O relógio de pêndulo desfiava o rosário infinito dos segundos. Ele soou duas horas. Depois, de novo, só se ouviam os segundos apressados e monótonos na paz pesada da noite. Soaram três horas.

De repente uma coisa estalou, como o ruído, na passagem de um trem, de um sinalizador que se movimenta. E um fino facho de luz atravessou o salão de um lado a outro, como uma flecha que deixasse atrás de si um rasto cintilante. Partia do centro de uma pilastra onde se apoia, à direita, o frontão da biblioteca. Imobilizou-se primeiro na parede oposta, formando um círculo, depois passeou por todos os lados como um olhar inquieto que perscruta a sombra, para então se extinguir e acender de novo, enquanto uma parte da biblioteca girava sobre si mesma e revelava uma ampla abertura em forma de abóbada.

Um homem entrou, segurando na mão uma lanterna. Surgiram um segundo e um terceiro, que traziam um rolo de corda e diversos instrumentos. O primeiro inspecionou a peça, escutou e disse:

– Chamem os outros.

Vieram oito pelo túnel, rapazes fortes, de rosto enérgico. A mudança começou.

Foi rápido. Arsène Lupin passava de um móvel a outro, o examinava e, conforme suas dimensões ou valor artístico, deixava-o de lado ou ordenava:

– Levem este!

E o objeto era retirado, engolido pela boca escancarada do túnel, expedido às entranhas da terra.

Assim foram escamoteadas seis poltronas e seis cadeiras Luís XV, tapeçarias de Aubusson, candelabros assinados Gouthière, dois Fragonard, um Nattier, um busto de Houdon e várias estatuetas. Às vezes Lupin se detinha diante de um magnífico baú ou um soberbo quadro e suspirava:

– Muito pesado... grande demais, que pena!

E continuava sua perícia.

Em quarenta minutos o salão foi "desatravancado", segundo a expressão de Arsène. E tudo se fez com uma ordem admirável, sem ruído algum, como se os objetos que esses homens manejavam estivessem forrados de algodão.

Ele disse então ao último deles, que saía carregando um relógio de parede assinado Boulle:

– Não precisa voltar. Está entendido, não é? Assim que o caminhão estiver carregado, dirijam-se até a granja de Roquefort.

– E o senhor, chefe?

– Deixem-me a motocicleta.

Tendo o homem partido, ele voltou a fechar a abertura da biblioteca e, depois de fazer desaparecer os vestígios da operação e as marcas dos passos, abriu uma pequena porta e entrou numa galeria que servia de comunicação entre a torre e o castelo. No meio havia uma vitrine, e foi por causa dessa vitrine que Arsène Lupin fizera suas investigações.

Ela continha maravilhas, uma coleção única de relógios, tabaqueiras, anéis, cintos, miniaturas finamente lavradas. Com um pé de cabra, ele forçou a fechadura e sentiu um prazer inexprimível ao pegar aquelas joias de ouro e prata, aquelas pequenas obras de arte tão preciosas e delicadas.

Havia passado a tiracolo uma larga sacola de pano especialmente destinada a essa coleta. Encheu-a, como encheu também os bolsos do casaco, da calça, do colete. E estava pondo debaixo do braço esquerdo uma pilha de saquinhos de pérolas tão apreciados por nossos antepassados, e que a moda atual valoriza tanto, quando escutou um leve ruído.

Prestou atenção: não se enganava, o ruído ficou mais claro.

E então lembrou que, na extremidade da galeria, uma escada interna conduzia a um apartamento não ocupado até então, mas que naquela noite fora reservado à jovem que Devanne fora buscar em Dieppe com seus amigos d'Androl.

Com um gesto rápido, ele apagou a luz da lanterna. Mal tinha chegado ao vão de uma janela, viu no alto da escada a porta se abrir e uma frouxa claridade iluminar a galeria.

Teve a sensação – pois, semiescondido por uma cortina, não podia ver – que uma pessoa descia os primeiros degraus com precaução. Esperou que ela não fosse adiante. No entanto essa pessoa desceu e andou vários passos na peça. E então deu um grito. Certamente tinha visto a vitrine arrombada e em grande parte esvaziada.

Pelo perfume reconheceu a presença de uma mulher. As roupas dela quase roçavam a cortina que o escondia, e lhe pareceu ouvir bater o coração dessa mulher, e que ela também adivinhava a presença de mais alguém, atrás dela, na sombra... Ele pensou: "Ela está com medo... vai partir... é impossível que não parta". Mas ela não partiu. A vela que tremia em sua mão parou de tremer. Ela se virou, hesitou um instante, parecendo escutar o silêncio assustador, e com um golpe afastou a cortina.

Eles se olharam.

Arsène murmurou, perturbado:

– É você!... Você... senhorita!

Era Miss Nelly.

Miss Nelly! A passageira do transatlântico que juntara seus sonhos aos sonhos de Arsène durante aquela inesquecível travessia, a moça que assistira à sua detenção e que, em vez de traí-lo, tivera o belo gesto de jogar ao mar a Kodak em que ele escondera as joias e o dinheiro... Miss Nelly! A amável e sorridente criatura cuja imagem tantas vezes entristecera ou alegrara suas longas horas de prisão.

O acaso era tão prodigioso, colocando-os frente a frente nesse castelo e a essa hora da noite, que eles não se mexiam e não pronunciavam uma palavra, estupefatos, como que hipnotizados pela aparição fantástica que eram um para o outro.

Trêmula, muito emocionada, Miss Nelly precisou sentar-se.

Ele ficou de pé diante dela. E aos poucos, durante os segundos intermináveis que passavam, teve consciência da impressão que devia dar naquele instante, com os braços carregados de bibelôs, os bolsos cheios e a sacola repleta.

Uma grande confusão o invadiu e ele corou de estar ali, naquela triste postura de ladrão pego em flagrante. Para ela, agora, não importava o que acontecesse, ele era o ladrão, aquele que mete a mão no bolso dos outros, que abre portas com gazua e se introduz furtivamente.

Um dos relógios rolou no tapete. E outras coisas que ele não sabia como reter escorregavam de seus braços. Então, decidindo-se bruscamente, deixou cair na poltrona uma parte dos objetos, esvaziou os bolsos e se desfez da sacola.

Sentiu-se mais à vontade diante de Nelly, deu um passo em direção a ela com a intenção de lhe falar. Mas ela teve um gesto de recuo, depois se levantou rápido, como tomada de pavor, e se precipitou em direção à porta. Ele a alcançou. Ela parou junto à porta, trêmula, e seus olhos contemplavam com terror o imenso salão devastado.

Ele falou:

— Amanhã, às três da tarde, tudo estará de volta a seus lugares... os móveis serão trazidos...

Ela não respondeu, e ele repetiu:

— Amanhã às três da tarde, prometo... Nada no mundo poderá me impedir de cumprir minha promessa. Amanhã às três horas...

Um longo silêncio pesou sobre os dois. Ele não ousava rompê-lo, e a emoção da jovem lhe causava um verdadeiro sofrimento. Docemente, sem uma palavra, ele se afastou.

E pensou:

"Que ela vá embora!... Que se sinta livre para ir embora!... Que não tenha medo de mim!..."

Mas de súbito ela estremeceu e balbuciou:

— Escute!... Passos... Alguém vem vindo...

Ele a olhou com espanto. Ela parecia agitada, como diante da aproximação de um perigo.

– Não escuto nada – ele disse –, e mesmo que...
– Fuja!... Depressa, fuja!...
– Fugir... por quê?
– É preciso... É preciso... Vamos, não fique aqui...

Ela correu até a entrada da galeria e escutou com atenção. Não, não havia ninguém. O ruído vinha de fora? Esperou um instante e então, sossegada, se virou.

Arsène Lupin havia desaparecido.

No instante em que Devanne constatou a pilhagem do seu castelo, ele pensou: "Foi Velmont que deu o golpe, e Velmont não é senão Arsène Lupin". Tudo se explicava assim, e nada se explicava de outro modo. Mas essa ideia apenas lhe passou pela cabeça, a tal ponto era improvável que Velmont não fosse Velmont, isto é, o conhecido pintor, o companheiro de círculo do seu primo d'Estevan. E quando o oficial da gendarmeria, imediatamente avisado, se apresentou, Devanne nem sequer pensou em comunicar-lhe essa suposição absurda.

A manhã inteira houve uma movimentação indescritível em Thibermesnil. Os gendarmes, a guarda florestal, o delegado de polícia de Dieppe, os habitantes da aldeia, todos se exaltavam nos corredores ou nos jardins em volta do castelo. A aproximação das tropas em manobra, com o crepitar dos fuzis, tornou a cena ainda mais pitoresca.

As primeiras investigações não forneceram indício algum. Como nem as janelas nem as portas haviam sido forçadas, certamente a operação fora efetuada pela saída secreta. No tapete, porém, não havia vestígios de passos, nas paredes nenhuma marca estranha.

Somente uma coisa, inesperada, denotava claramente o capricho de Arsène Lupin: a famosa *Crônica* do século XVI retomara seu antigo lugar, e ao lado havia um livro semelhante que não era senão o exemplar roubado da Biblioteca Nacional.

Às onze horas os oficiais chegaram. Devanne os acolheu alegremente – apesar do desgosto que lhe causava a perda de tais riquezas artísticas, sua fortuna lhe permitia suportá-la sem mau humor. Seus amigos d'Androl e Nelly desceram.

Feitas as apresentações, viu-se que faltava um convidado, Horace Velmont. Ele não viria?

Sua ausência teria alimentado as suspeitas de Georges Devanne. Mas, ao meio-dia em ponto, ele entrou. Devanne exclamou:

– Enfim! Aí está você!

– Não sou pontual?

– É, mas poderia não ser... após uma noite tão agitada! Já sabe da novidade?

– Que novidade?

– Você assaltou o castelo.

– Não diga!

– Estou lhe dizendo. Mas antes ofereça o braço a Miss Underdown e passemos à mesa... Senhorita, permita-me...

Interrompeu-se, impressionado pela perturbação da moça. E então, lembrando-se, falou:

– Ah! É verdade... A senhorita viajou com Arsène Lupin no passado... antes de sua detenção... A semelhança a surpreende, não é mesmo?

Ela não respondeu. Diante dela, Velmont sorria. Ele inclinou-se, pegou seu braço. Conduziu-a a seu lugar e sentou-se diante dela.

Durante o almoço só se falou de Arsène Lupin, dos móveis roubados, do túnel, de Herlock Sholmes. Apenas no final da refeição, quando foram abordados outros assuntos, Velmont se envolveu na conversa. Mostrou-se sucessivamente brincalhão e sério, eloquente e espirituoso. E tudo o que dizia, era como se dissesse apenas para interessar a jovem. Muito séria, ela parecia não ouvi-lo.

O café foi servido no terraço que domina o pátio e o jardim francês junto à fachada principal. No meio da relva, a banda do regimento começou a tocar e a multidão de camponeses e soldados se espalhava pelas aleias do jardim.

Nelly se lembrava da promessa de Arsène Lupin: "Às três da tarde, tudo estará de volta, eu prometo".

Três horas! E os ponteiros do grande relógio que ornava a ala direita do castelo marcavam 14h40. Contra a sua vontade, ela os olhava a todo instante. E olhava também Velmont, que se balançava tranquilamente numa confortável cadeira de balanço.

Duas horas e cinquenta... duas horas e cinquenta e cinco... Uma espécie de impaciência misturada com angústia oprimia a jovem. Era admissível que o milagre se realizasse, e que se realizasse na hora marcada, quando o castelo, o pátio e o campo ao redor estavam repletos de gente, e no momento em que as autoridades da justiça faziam o inquérito?

No entanto... no entanto Arsène Lupin prometera com tal solenidade! "Será como ele disse", ela pensou, impressionada por tudo o que havia nesse homem de energia, de autoridade e de certeza. E isso não lhe parecia um milagre, mas um acontecimento natural que devia se produzir pela força das coisas.

Por um segundo, seus olhares se cruzaram. Ela corou e desviou a cabeça.

Três horas... Soou a primeira badalada, a segunda, a terceira... Horace Velmont pegou seu relógio, ergueu os olhos para o relógio do castelo, depois repôs seu relógio no bolso. Alguns segundos se passaram. E eis então que a multidão na relva se afastou para dar passagem a dois grandes carros que acabavam de transpor o portão do jardim, ambos puxados por dois cavalos. Eram carros como os que acompanham os regimentos e transportam as bagagens dos oficiais e as mochilas dos soldados. Eles se detiveram diante da escadaria principal. Um sargento saltou da boleia e pediu para falar com o sr. Devanne.

Este desceu os degraus e viu, sob os toldos, cuidadosamente arranjados, bem protegidos, seus móveis, seus quadros, seus objetos de arte.

Às perguntas que lhe fizeram, o sargento respondeu exibindo a ordem que recebera de um ajudante de serviço, e que fora passada a este de manhã. Por essa ordem, a segunda companhia do quarto batalhão devia providenciar que os objetos mobiliários depositados na encruzilhada de Halleux, junto à floresta de Arques, fossem levados às três horas da tarde ao sr. Georges Devanne, proprietário do castelo de Thibermesnil. Assinado: coronel Beauvel.

– Na encruzilhada – acrescentou o sargento – tudo se achava pronto, alinhado na relva, e sob a guarda... dos passantes. Achei curioso, mas a ordem era categórica.

Um dos oficiais examinou a assinatura: era perfeitamente imitada, mas falsa.

A música havia parado de tocar, os carros foram esvaziados, e os móveis, levados de volta ao castelo.

No meio dessa agitação, Nelly permaneceu sozinha na extremidade do terraço. Estava séria e preocupada, atordoada por pensamentos confusos que não conseguia formular. Então ela viu Velmont que se aproximava. Quis evitá-lo, mas o ângulo da balaustrada do terraço a cercava dos dois lados, e uma fileira de grandes caixas de arbustos, com pés de laranjeira, loureiro-rosa, bambu, não lhe deixava outra saída senão o caminho por onde o jovem vinha vindo. Ela não se mexeu. Um raio de sol, interceptado pelas folhas finas de um bambu, tremulava em seus cabelos dourados. Ele pronunciou em voz baixa:

– Cumpri minha promessa desta noite.

Arsène Lupin estava junto dela, e em volta deles não havia mais ninguém.

Ele repetiu, um pouco hesitante, com a voz tímida:
– Cumpri minha promessa desta noite.

Esperava uma palavra de agradecimento, um gesto ao menos que provasse o interesse dela por esse ato. Mas ela continuou calada.

Esse desprezo irritou Arsène Lupin e, ao mesmo tempo, ele tinha o sentimento profundo de tudo o que o separava de Nelly, agora que ela sabia a verdade. Quis se desculpar, dar explicações, mostrar sua vida no que ela tinha de audacioso e de grande. Mas as palavras o melindravam e ele sentia o absurdo e a insolência de qualquer explicação. Então murmurou tristemente, invadido por uma onda de lembranças:

– Como o passado está distante! Lembra-se das longas horas no convés do *Provence*? Ah! Veja... você tinha, como hoje, uma rosa na mão, uma rosa pálida como essa... Eu lhe pedi... você pareceu não ouvir... No entanto, após sua partida, encontrei a rosa... certamente esquecida... e a guardei.

Ela continuava calada. Parecia muito distante dele. Ele continuou:

– Em lembrança daquelas horas, esqueça o que sabe. Que o passado se ligue ao presente! Que eu não seja aquele que você viu esta noite, mas o de outrora, e que seus olhos me olhem, nem que seja por um segundo, como me olharam... Eu lhe peço... Não sou mais o mesmo?

Ela ergueu os olhos, como ele pedia, e o olhou. Depois, sem uma palavra, pôs seu dedo num anel que ele trazia no indicador. Desse anel era possível ver apenas o aro, mas o engaste, voltado para o interior, era formado de um maravilhoso rubi.

Arsène Lupin corou. Esse anel pertencia a Georges Devanne.

Ele sorriu com amargura.

– Tem razão. O que foi sempre será. Arsène Lupin só é e só pode ser Arsène Lupin, e entre você e ele não pode haver sequer uma lembrança... Perdoe-me... Eu deveria ter compreendido que minha simples presença junto a você é um ultraje...

Recolheu-se junto à balaustrada, com o chapéu na mão. Nelly passou diante dele. Foi tentado a retê-la, a implorar-lhe. Faltou-lhe a audácia, e ele a seguiu com os olhos como no dia distante em que ela atravessava a passarela no cais de Nova York. Ela subiu os degraus que conduzem à porta. Por um instante ainda seu delicado perfil se desenhou entre os mármores do vestíbulo. Ele não mais a viu.

Uma nuvem cobriu o sol. Arsène Lupin observava, imóvel, a marca dos passos dela deixados na areia. De repente estremeceu: na caixa de bambu contra a qual Nelly se apoiava jazia a rosa, a rosa pálida que ele não ousara lhe pedir... Esquecida, esta também? Mas esquecida voluntariamente ou por distração?

Ele a pegou com ardor. Pétalas se soltaram. Ele as recolheu uma por uma como relíquias...

– Bem! – disse a si mesmo. – Nada mais tenho a fazer aqui. E, com a chegada de Herlock Sholmes, a coisa poderia piorar.

O jardim já estava deserto. No entanto, perto do pavilhão de entrada, havia um grupo de gendarmes. Ele seguiu pelo mato, escalou o muro que cerca a propriedade e, para ir até a estação ferroviária mais próxima, tomou um caminho de terra pelo campo. Depois de andar dez minutos, o caminho se estreitou entre dois taludes e, quando chegava nessa passagem, encontrou alguém que vinha em sentido inverso.

Era um homem de uns cinquenta anos talvez, bastante forte, rosto barbeado, e cujas roupas indicavam ser estrangeiro. Trazia na mão um pesado bastão e uma sacola pendurada ao pescoço.

Eles se cruzaram, e o estrangeiro disse, com um sotaque inglês pouco perceptível:

– Desculpe-me, senhor... este é o caminho do castelo?

– Reto em frente, senhor, e à esquerda assim que chegar junto ao muro. Está sendo aguardado com impaciência.

– Ah!

– Sim, meu amigo Devanne nos anunciou ontem à noite sua visita.

– O sr. Devanne falou o que não devia falar.

– E estou contente de ser o primeiro a lhe saudar. Herlock Sholmes não tem admirador mais fervoroso do que eu.

Houve na sua voz um traço imperceptível de ironia que ele lamentou em seguida, pois Herlock Sholmes o mediu dos pés à cabeça e com um olhar tão envolvente e agudo, que Arsène Lupin teve a impressão de ser pego, aprisionado, registrado por esse olhar, de maneira mais precisa e essencial do que jamais fora por qualquer aparelho fotográfico.

"A foto está tirada", pensou. "Não vale mais a pena me disfarçar com esse sujeito. Mas... será que ele me reconheceu?"

Eles se despediram. Mas logo se ouviu um ruído de cavalos se aproximando, batendo em pedras com as ferraduras. Eram os gendarmes. Os dois tiveram que se encostar contra o talude, na erva alta, para não serem atropelados. Enquanto os gendarmes passavam em fila, Lupin pensou:

"Tudo depende dessa questão: ele me reconheceu? Se sim, é muito provável que aproveite a situação. O problema é angustiante."

Quando o último cavaleiro os ultrapassou, Herlock Sholmes se recompôs e, sem dizer nada, limpou o casaco sujo de poeira. A correia de sua sacola se prendera a um ramo de espinhos. Arsène Lupin se apressou. Eles se examinaram por mais um segundo. Se alguém os tivesse surpreendido naquele instante, seria um espetáculo emocionante o primeiro encontro desses homens poderosos, ambos realmente superiores e fatalmente destinados, por suas aptidões especiais, a se chocarem como duas forças iguais que a ordem das coisas arremessa uma contra a outra através do espaço.

Então o inglês falou:

– Eu lhe agradeço, senhor.

– Inteiramente a seu dispor – respondeu Lupin.

Afastaram-se. Lupin se dirigiu até a estação, e Herlock Sholmes até o castelo.

O juiz de instrução e o procurador haviam partido depois de vãs investigações, e Herlock Sholmes era esperado com uma curiosidade que sua grande reputação justificava. Mas houve um pouco de decepção com seu aspecto de bom burguês, muito diferente da imagem que se fazia dele. Ele nada tinha do herói romanesco, do personagem enigmático e diabólico que o nome Herlock Sholmes evocava. Mesmo assim, Devanne exclamou, cheio de exuberância:

– Enfim, mestre! Que felicidade! Havia muito eu o esperava... Estou quase feliz com tudo o que aconteceu, pois me vale o prazer de vê-lo. Mas diga, como foi que chegou?

– De trem.

– Ah, que pena! Enviei meu automóvel ao porto para buscá-lo.

– Uma chegada oficial, não é? Com tambores e música. Excelente meio para me facilitar a tarefa – resmungou o inglês.

Esse tom pouco amistoso desconcertou Devanne que, fazendo um esforço para sorrir, continuou:

– A tarefa, felizmente, é mais fácil do que lhe escrevi.

– E por quê?

– Porque o roubo aconteceu esta noite.

– Se não tivesse anunciado minha visita, senhor, é provável que o roubo não tivesse acontecido esta noite.

– E quando então?

– Amanhã, ou outro dia.

– E nesse caso?

– Lupin seria pego na armadilha.

– E meus móveis?

– Não teriam sido levados.

– Meus móveis estão aqui.

– Aqui?!

– Foram trazidos de volta às três da tarde.

– Por Lupin?

– Por dois carros militares.

Herlock Sholmes voltou a pôr com violência o chapéu na cabeça e pegou sua sacola. Devanne exclamou:

– O que está fazendo?

– Vou embora.

– Mas por quê?

– Seus móveis estão de volta, Arsène Lupin partiu. Meu papel está terminado.

– Mas preciso muito da sua ajuda, caro senhor. O que houve ontem pode se repetir amanhã, pois ignoramos o mais importante: de que maneira Arsène Lupin entrou, de que maneira saiu, e por que motivo, algumas horas mais tarde, procedeu a uma restituição.

– Ah! O senhor ignora...

A ideia de um segredo a descobrir abrandou Herlock Sholmes.

– Está bem, investiguemos. Mas depressa, certo? E, na medida do possível, a sós.

A frase designava claramente os que estavam em volta. Devanne compreendeu e introduziu o inglês no salão. Num tom seco, em frases parcimoniosas que pareciam preparadas de antemão, Sholmes lhe fez perguntas sobre a noitada da véspera, sobre os convidados presentes, sobre os frequentadores do castelo. Depois examinou os dois volumes da *Crônica*, comparou os mapas do túnel, pediu para repetir as citações feitas pelo abade Gélis e perguntou:

– Foi exatamente ontem que, pela primeira vez, o senhor falou dessas duas citações?

– Sim.

– Nunca as havia comunicado ao sr. Horace Velmont?

– Nunca.

– Certo. Mande preparar seu automóvel. Torno a partir dentro de uma hora.

– Dentro de uma hora?

– Arsène Lupin não precisou mais do que isso para resolver o problema que o senhor lhe apresentou.

– Eu?... Eu lhe apresentei?...

– Sim, claro! Arsène Lupin e Velmont são a mesma pessoa.

– Bem que eu suspeitava... Ah! O tratante!

– Ontem à noite, às dez horas, o senhor forneceu a Lupin os elementos que lhe faltavam e que ele buscava havia várias semanas. E, durante a noite, Lupin teve tempo para compreender, reunir seu bando e roubar os móveis. Pretendo ser igualmente rápido.

Andou de um lado a outro da peça, refletindo; depois sentou-se, cruzou as longas pernas e fechou os olhos.

Devanne esperava, bastante embaraçado.

– Está dormindo? Refletindo?

Por via das dúvidas, saiu para dar ordens. Ao voltar, viu-o na base da escada da galeria, ajoelhado, examinando o tapete.

– O que houve?

– Veja... manchas de vela...

– Sim, de fato... e muito recentes.

– E pode observá-las também no alto da escada e principalmente junto a essa vitrine que Arsène Lupin arrombou, dela retirando bibelôs para colocá-los nessa poltrona.

– E o que conclui disso?

– Nada. Todos esses fatos explicariam sem dúvida a restituição que ele operou. Mas esse é um lado da questão que não tenho tempo para abordar. O essencial é o traçado do túnel.

– O senhor ainda espera...

– Eu não espero, eu sei. Existe uma capela a duzentos ou trezentos metros do castelo, não é mesmo?

– Uma capela em ruínas, onde se acha o túmulo do duque Rollon.

– Diga ao motorista que nos espere junto a essa capela.

– Meu motorista ainda não voltou... Ficaram de me avisar... Mas, pelo que vejo, o senhor julga que o túnel termina na capela. Baseado em que indício...

Herlock Sholmes o interrompeu:

– Peço que me consiga, senhor, uma escada e uma lanterna.

– Ah! Precisa de uma lanterna e de uma escada?

– É o que parece, pois estou lhe pedindo.

Um pouco atrapalhado, Devanne acionou uma campainha. Os dois objetos foram trazidos.

As ordens sucederam-se então com o rigor e a precisão de instruções militares.

– Ponha a escada contra a biblioteca, à esquerda da palavra Thibermesnil...

Devanne colocou a escada, e o inglês continuou:

– Mais à esquerda... à direita... pare! Agora suba... Diga-me, todas as letras desse nome são em relevo, não?

– Sim.

– Ocupemo-nos da letra H. Gire-a num sentido ou noutro.

Devanne pegou a letra H e exclamou:

– Sim, ela gira! Para direita, e num quarto de círculo! Mas quem lhe revelou...

Sem responder, Herlock Sholmes prosseguiu:

– Pode, de onde está, alcançar a letra R? Bem, mexa nela várias vezes, como faria ao puxar uma tranca para soltá-la.

Devanne mexeu na letra R. Para a sua grande surpresa, um mecanismo interno foi acionado.

– Perfeito – disse Herlock Sholmes. – Só nos resta deslocar a escada para a outra extremidade, isto é, no final da palavra Thibermesnil... Certo... E agora, se não estou enganado, se tudo acontecer como deve acontecer, a letra L se abrirá como uma janelinha.

Com certa solenidade, Devanne pegou a letra L. A letra L se abriu, mas Devanne caiu da escada, pois toda a parte da biblioteca situada entre a primeira e a última letra da palavra girou sobre si mesma e descobriu a entrada do túnel.

Herlock Sholmes perguntou, fleumático:

– Está ferido?

– Não, não – disse Devanne, levantando-se –, não ferido, mas atordoado... com essas letras que se mexem, esse túnel aberto...

– E então? Não é exatamente conforme a citação de Sully?

– Como assim, senhor?

– Ora! O H gira, o R estremece e o L se abre*... e foi o que permitiu a Henrique IV receber a srta. de Tancarville numa hora insólita.

– Mas Luís XVI? – perguntou Devanne, confuso.

– Luís XVI era um grande e hábil serralheiro. Li um *Tratado das fechaduras de combinação* atribuído a ele. Thibermesnil comportou-se como bom cortesão ao mostrar a seu mestre essa obra-prima de mecânica. Para memorizar, o rei escreveu: 2-6-12, isto é, H. R. L., a segunda, a sexta e a décima segunda letra do nome.

– Ah! Perfeito, começo a compreender... Só que... Se consigo entender como se sai desta sala, não entendo como Lupin pôde entrar nela. Pois ele, observe bem, veio de fora.

Herlock Sholmes acendeu a lanterna e avançou alguns passos no túnel.

– Veja, todo o mecanismo pode ser visto aqui como as engrenagens de um relógio, e todas as letras se encontram ao avesso. Assim, Lupin só precisou fazê-las funcionar pelo lado de dentro.

– Há uma prova?

– Sim. Veja essa mancha de óleo. Lupin previu inclusive que essas engrenagens teriam necessidade de ser lubrificadas – disse Herlock Sholmes, não sem admiração.

– Mas então ele conhecia a outra saída?

– Como eu a conheço. Siga-me.

– Pelo túnel?

---

* Na frase de Sully, citada à p. 184, o enigma é proposto através de um trocadilho com os sons das palavras francesas *hache* (que designa machado, mas também a letra H), *air* (ar, mas também a letra R) e *aile* (asa, mas também a letra L). (N.T.)

– Está com medo?
– Não, mas tem certeza de como se orientar?
– De olhos fechados.

Eles desceram primeiro doze degraus, depois mais doze, e mais duas vezes outros doze. Seguiram então por um longo corredor cujas paredes de tijolos traziam a marca de restaurações sucessivas e que em alguns pontos pingavam. O piso estava úmido.

– Passamos por baixo do lago – disse Devanne, um pouco preocupado.

O corredor terminava numa escada de doze degraus, seguida de três outras de doze degraus, que eles subiram com dificuldade, e desembocava numa pequena cavidade aberta diretamente na rocha. O caminho não ia mais adiante.

– Diabos! – murmurou Herlock Sholmes. – Apenas paredes nuas, a coisa está ficando complicada.

– E se retornássemos? – murmurou Devanne. – Afinal, não vejo necessidade alguma de saber mais. Estou bem instruído.

Mas, ao levantar a cabeça, o inglês deu um suspiro de alívio: acima deles se repetia o mesmo mecanismo da entrada. Não foi preciso mais do que movimentar as três letras. Um bloco de granito girou. Era, do outro lado, a pedra tumular do duque Rollon, gravada com as doze letras em relevo da palavra "Thibermesnil". E eles se viram na pequena capela em ruínas que o inglês havia mencionado.

– E se chega a Deus, isto é, à capela – ele disse, referindo-se ao final da citação.

– É possível – perguntou Devanne, confundido pela clarividência e a vivacidade de Herlock Sholmes – que essa simples indicação lhe tenha sido suficiente?

– Ora! – disse o inglês –, ela era mesmo inútil. No exemplar da Biblioteca Nacional, o traço termina à esquerda, como sabe, por um círculo, e à direita, como ignora, por uma pequena cruz, mas tão apagada que só se pode vê-la com uma lupa. Essa cruz significa evidentemente a capela onde estamos.

O pobre Devanne custava a crer no que ouvia.

– É incrível, milagroso, e ao mesmo tempo de uma simplicidade infantil! Como é que ninguém jamais desvendou esse mistério?

– Porque ninguém jamais reuniu os três ou quatro elementos necessários, isto é, os dois livros e as citações... Ninguém, exceto Arsène Lupin e eu.

– Mas eu também – objetou Devanne – e o abade Gélis... Ambos sabíamos o mesmo que vocês, e no entanto...

Sholmes sorriu.

– Sr. Devanne, nem todo mundo é apto a decifrar enigmas.

– Mas há dez anos venho tentando. E o senhor, em dez minutos...

– Ora! É o hábito...

Saíram da capela, e o inglês exclamou:

– Veja, um automóvel nos espera!

– Mas é o meu!

– O seu? Pensei que o motorista não havia voltado.

– De fato... e me pergunto...

Avançaram até o carro, e Devanne perguntou ao motorista:

– Edouard, quem lhe deu a ordem de vir até aqui?

– O sr. Velmont – ele respondeu.

– O sr. Velmont? Então o encontrou?

– Perto da estação ferroviária. Ele me disse para ir até a capela.

– Ir até a capela? Mas por quê?

— Para esperar o senhor... e o seu amigo.

Devanne e Herlock Sholmes se olharam. Devanne disse:

— Ele compreendeu que o enigma seria uma brincadeira para o senhor. A homenagem é fina.

Um sorriso de contentamento franziu os lábios estreitos do detetive. A homenagem lhe agradava. Balançando a cabeça, ele pronunciou:

— É um homem astuto. Aliás, bastou eu vê-lo para julgá-lo.

— Então o viu?

— Nós nos cruzamos há pouco.

— E sabia que era Horace Velmont, quero dizer, Arsène Lupin?

— Não, mas não tardei a adivinhar... por certa ironia da parte dele.

— E o deixou escapar?

— Confesso que sim... mesmo sendo favorável a situação... cinco gendarmes passavam.

— Mas puxa! Era uma chance...

— Justamente, senhor – disse o inglês com altivez. – Quando se trata de um adversário como Arsène Lupin, Herlock Sholmes não aproveita ocasiões... ele as cria...

Mas havia pressa e, como Lupin fizera a gentileza de enviar o automóvel, era preciso aproveitá-lo sem demora. Devanne e Herlock Sholmes se instalaram no banco traseiro da confortável limusine. Edouard girou a manivela e deu a partida. Campos e pequenos bosques iam passando por eles, enquanto o carro percorria as suaves ondulações da região de Caux. De repente, os olhos de Devanne foram atraídos por um pequeno pacote deixado num dos compartimentos no interior da porta.

— O que é isso? Um pacote! E para quem será? Mas é para o senhor!

— Para mim?

— Leia: *Ao sr. Herlock Sholmes, da parte de Arsène Lupin.*

O inglês pegou o pacote, tirou o cordão e as duas folhas de papel que o envolviam. Era um relógio de bolso.

— Oh! — ele disse, acompanhando essa exclamação com um gesto de cólera.

— Um relógio! — disse Devanne. — Será por acaso...?

O inglês não respondeu.

— Como poder ser? É o seu relógio! Arsène Lupin lhe devolve o seu relógio! E, se o devolve, é porque o tirou... Ele roubou o seu relógio! Essa é muito boa! O relógio de Herlock Sholmes surrupiado por Arsène Lupin! Não dá para acreditar. É cômico... O senhor me desculpe... mas não consigo me conter.

E, depois de dar boas risadas, afirmou num tom convicto:

— De fato, é um homem astuto!

O inglês permaneceu impassível. Até Dieppe, não pronunciou uma palavra, de olhos fixos no horizonte em fuga. O silêncio de Herlock foi terrível, insondável, mais violento do que a raiva mais feroz. No porto, ele disse simplesmente, desta vez sem cólera, mas num tom em que se percebia toda a vontade e toda a energia do personagem:

— Sim, é um homem astuto, e um homem sobre cujo ombro terei o prazer de pôr esta mão que lhe estendo, sr. Devanne. E estou certo de que Arsène Lupin e Herlock Sholmes voltarão a se encontrar de novo, mais dia menos dia... Sim, o mundo é pequeno demais para que eles não se encontrem... e nesse dia...

UMA SÉRIE COM MUITA HISTÓRIA PRA CONTAR

Alexandre, o Grande, Pierre Briant | **Budismo**, Claude B. Levenson | **Cabala**, Roland Goetschel | **Capitalismo**, Claude Jessua | **Cérebro**, Michael O'Shea | **China moderna**, Rana Mitter | **Cleópatra**, Christian-Georges Schwentzel | **A crise de 1929**, Bernard Gazier | **Cruzadas**, Cécile Morrisson | **Dinossauros**, David Norman | **Economia: 100 palavras-chave**, Jean-Paul Betbèze | **Egito Antigo**, Sophie Desplancques | **Escrita chinesa**, Viviane Alleton | **Existencialismo**, Jacques Colette | **Geração Beat**, Claudio Willer | **Guerra da Secessão**, Farid Ameur | **História da medicina**, William Bynum | **Império Romano**, Patrick Le Roux | **Impressionismo**, Dominique Lobstein | **Islã**, Paul Balta | **Jesus**, Charles Perrot | **John M. Keynes**, Bernard Gazier | **Kant**, Roger Scruton | **Lincoln**, Allen C. Guelzo | **Maquiavel**, Quentin Skinner | **Marxismo**, Henri Lefebvre | **Mitologia grega**, Pierre Grimal | **Nietzsche**, Jean Granier | **Paris: uma história**, Yvan Combeau | **Primeira Guerra Mundial**, Michael Howard | **Revolução Francesa**, Frédéric Bluche, Stéphane Rials e Jean Tulard | **Santos Dumont**, Alcy Cheuiche | **Sigmund Freud**, Edson Sousa e Paulo Endo | **Sócrates**, Cristopher Taylor | **Tragédias gregas**, Paso Thiercy | **Vinho**, Jean-François Gautier

L&PMPOCKETENCYCLOPAEDIA
Conhecimento na medida certa